日本武尊《やまとたける》と神功皇后《じんぐうこうごう》

倭の国から日本へ 8

阿上万寿子
Masuko Agami

文芸社

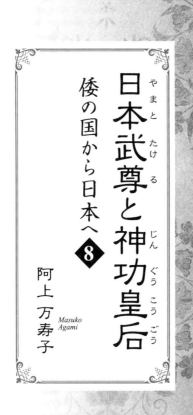

目次

昔より祖禰《そでい》自《みずか》ら甲冑《かっちゅう》を擐《つらぬ》き、
山川を跋渉《ばっしょう》し、寧処《ねいしょ》に遑《いとま》あらず。

西暦四七八年　倭の五王「武」から南朝宋の皇帝へ

『宋書』「倭国伝」より

一　大足彦《おおたらしひこ》忍《お》代別《しろわけの》天皇《すめらみこと》（第十二代　景行天皇《けいこうてんのう》）

西暦三一一年、辛未《かのとひつじ》の年。

大足彦忍代別天皇（第十二代　景行天皇）が即位した。

母親の日葉酢媛《ひばすひめ》は、稚日本根子彦大日日《わかやまとねこひこおおひひ》天皇（第九代　開化《かいか》天皇）の曾孫で、「大《おお》倭《やまと》」として海上交易を統括してきた丹波《たんば》の姫君でもある。彼女を皇后に迎えることで、先代の活目入彦五十狭茅《いくめいりひこいさち》天皇（第十一代　垂仁《すいにん》天皇）は、後に「九州」と呼ばれる「筑紫《ちくし》」や韓《から》にまで通じる広い海域を手に入れた。

景行二年（即位二年目）三月三日、天皇は、播磨《はりま》の稲日大郎姫《いなびのおおいらつめ》を皇后に迎える。

若き天皇にとって最優先の使命は、両親の婚姻により拡大した領土を守り抜くこと。吉備臣《きびのおみ》等の祖となる若建《わかたける》吉備津日子《きびつひこ》の娘を皇后に迎えたのは、播磨（兵庫県）から吉備（岡山県）へと繋がる瀬戸内の海路を確保するためである。

景行三年二月、天皇は重臣達に告げた。

「私は紀伊国《きのくに》へ行き、統一倭国の維持発展を祈願しようと思う」

重臣の一人が、口を開く。

「紀伊国は、筑紫へ向かう重要拠点。そして、初代磐余彦《いわれひこ》天皇様の兄上、彦五瀬《ひこいつせ》様が眠られる聖地。統一倭国の結束を祈願するのに、これほどふさわしい場所はございません。天皇様、後を継ぐべき皇子様の誕生も祈願なさいませ」

確かに皇子はまだいない。他の重臣達からも次々に賛同の声があがる。

「では、我が国の安泰と皇子誕生を祈願する。良き日を占え」

ところが、太占《ふとまに》の結果、紀伊国行幸《ぎょうこう》は「吉」とは出ない。

「なぜだ」

天皇は心外だ。

「統一倭国を築くことは、我等の長年の悲願。その維持発展を祈願するのに、なぜ吉と出ない」

老臣が、とりなす。

「天皇様は都を守られるように、とのことでしょう。他の者で占ってみては」

「国の安泰と皇子誕生を祈るのだ。他に誰がいる」

彼は、少し考える素振りを見せた。

「武雄心《たけおごころ》殿は、いかがでしょう。天皇家の血筋も、神の言葉を伝える一族の血筋も引くお方です」

「武雄心か」

即座に名前が出たことに、複雑な思いがよぎる。

武雄心の父親は、彦太忍信《ひこふつおしのまこと》。「大倭《おおやまと》」の名を持つ最後の天皇となった大日本根子彦《おおやまとねこひこ》国牽天皇《くにくる》（第八代　孝元《こうげん》天皇）と妃《きさき》であった伊香色謎《いかがしこめ》の間に生まれた男。母親は、神の言葉を伝える中臣連《なかとみのむらじ》の祖、探湯主《くかぬし》の娘。すでに壮年となった彼は、筑紫の者達や海の男達にも一目置かれている。

天皇以外の名前が挙がるのは、愉快な話ではない。だが、大倭の再興を夢見る者達に信頼されている男に、統一国家の安泰を祈願させるのも悪くはない。

天皇は、言った。

「占《うらな》ってみよ」

結果は「吉」。

こうして、武雄心が紀伊国へと出向くことになった。


武雄心の祈願の成果か、統一倭国は平穏を保っている。だが、後を託す皇子はまだ生まれない。平穏でありながら落ち着かない日々が続く。天皇の気持ちを察した家臣の一人が申し出た。

「美濃国《みののくに》でお暮しの八坂入彦《やさかいりひこ》殿には、とても美しい姫君がいるとか。とりわけ下の娘はまだ若い。お訪ねになり、妃になさってはいかがでしょう」

八坂入彦とは、天皇の祖父である御間城入彦五十瓊殖《みまきいりひこいにえ》天皇（第十代　崇神《すじん》天皇）が、「大倭」の主、丹波大県主由碁理《たにわのおおあがたぬしゆごり》の妹である尾張大海媛《おわりのおおしあまひめ》に産ませた皇子。その娘ならば、武雄心に負けぬほど「大倭」に近い。天皇の心が動く。

景行四年二月、天皇は八坂入彦の娘に会うため、美濃へ出かけた。下の娘である弟媛《おとひめ》は、天皇訪問の意図を察し、竹林の中に隠れてしまった。

「天皇様、どういたしましょう」

「あせるな。ゆっくり待とう」

泳宮《くくりのみや》（岐阜県可児市久々利）に落ち着いた天皇は、庭の池に鯉を放った。朝と夕、皆で集まり餌を投げ、食いつく姿に笑いあう。その楽し気な様子に、弟媛も鯉を見たくなる。ついに姿を現し、そっと池に近づく弟媛。それを待ち構えていた従者が押しとどめ、そのまま天皇の元へと連れていった。

数日後、彼女は願い出た。

「天皇様の御威光に逆らえず、こうして召されましたが、私にはとても務まりそうにありません」

確かに彼女は、まだ子供。無理矢理連れて行きたいほどの気持ちにもなれない。天皇が黙って聞いていると、弟媛はさらに願い出た。

「私には八坂入媛《やさかいりひめ》という姉がおります。姉は私より美しく、その志は清く貞淑です。

どうか、私ではなく姉をお召しくださいませ」

「わかった。会ってみよう」

姉の八坂入媛は華やかに美しく、その物腰は優しく雅《みやび》。天皇は一目で魅かれた。そして、弟媛が身を引くことを許し、姉の八坂入媛を妃とした。

尾張の一族は、海外との交易もあり、最先端の文化を当たり前に受け止め、垢《あか》抜けた雰囲気を持っている。あでやかでいながら自由な居心地の良さ。皇后とは違う魅力に天皇は離れがたく、美濃に居続ける。

皇后に近い者達は、気が気ではない。

「天皇様、皇后様のところへお帰りくださいませ」

その年の十一月、天皇は八坂入媛を連れて美濃から帰り、纏向《まきむく》に都を作った。この都を日代宮《ひしろのみや》という。

寵愛を受ける妃の出現が刺激になったのだろうか。翌年、皇后に子ができた。

「皇后様、尾張の姫に負けてはなりませぬ。必ずや立派な皇子様をお産みください」

周囲の期待を背負って十月。皇后は皇子を産んだ。

「天皇様！　皇子様です！」

「そうか！」

「しかもお二人！」

「何？」

皇后が産んだのは、双子の男子。同じ形の石を二つ重ねた碾《ひ》き臼《うす》のような二人は、大碓《おうす》、小碓《をうす》と名付けられた。弟の小碓は、後の日本武尊《やまとたける》である。

皇后の周囲の者達は、ようやく安堵した。

「次の天皇は、皇后が産んだ皇子様。お二人のどちらにせよ、それは間違いない」

それから五年ほど遅れ、天皇の寵愛を受ける八坂入媛も男子を産んだ。

その数日後のことだ。喜びに浸る天皇の元へ報告が入る。

「天皇様、武雄心殿の所にも息子が生まれたそうです」

天皇の代わりに紀伊国へ遣わされ、そのまま滞在を続けていた武雄心は、紀直《きのあたい》の遠祖となる菟道彦《うじ》の娘、山下影媛《やましたかげ》を娶《めと》っていた。

「それはめでたい。いつのことだ」

「それが、皇子様ご誕生と同じ日とか」

「なんと、不思議なことよ」

同じ日に生まれた、二人の男児。八坂入媛が産んだ皇子は稚足彦《わかたらしひこ》と名付けられ、後の稚足彦天皇（第十三代　成務天皇）になる。山下影媛が産んだ武雄心の息子は、後の武内宿禰《たけうちのすくね》である。

統一倭国の安泰と皇子誕生を祈願するため、武雄心を紀伊国へ派遣して八年。皇后には双子の皇子が生まれ、妃である八坂入媛も皇子を産んだ。まさに、祈願の甲斐があったということだが、皇子と同じ日に武雄心の息子まで生まれるとは、どのような縁であろうか。

「武雄心の息子は、どのような赤子だ」

三月ほどたち、天皇は側近に尋ねてみる。神に祈願して生まれた男子。その赤子にも天皇家の血が流れている。将来天皇の地位を脅かすとは思わないが、それでも気になるところだ。

「それが……」

言いよどむ家臣。やはり、報告をためらうほど優れた赤子なのか。

「……変わった赤子でして」

家臣は続ける。

「赤子であるのに、あやしても笑いません。身体をくすぐっても、口をへの字に、拳を握って耐えるばかり。滅多に泣かぬのに、一旦泣き始めると激しく泣き叫び、母親でも止められません」

「そうか」

天皇は少し安堵する。八坂入媛が産んだ男子は美しく、見る人すべてを惹きつける。武雄心の男子は、そのような赤子ではないらしい。

「稚足彦と同じ日に生まれたのも何かの縁かもしれぬ。二人は双子のようなもの。一度、会わせてみよう」

景行十一年、天皇は武雄心を紀伊国から呼び戻した。紀伊国へ行って九年になる。どのような子供か、この目で確かめたい。息子を連れてくるよう武雄心に命じ、側近達が集まる中で、同じ日に生まれた二人を対面させてみた。

稚足彦は嬉しそうににっこり笑い、もう一人の赤子に向かって迷わず進む。武雄心の息子は、座ったまま身じろぎもせず、目を見開き身体を硬直させて、近づく稚足彦を見つめている。

決して醜くはないが、なんとも愛想のない赤子。そこまでたどり着いた稚足彦は、親しい友にするように微笑みかけ、相手の身体に軽く触れた。武雄心の息子は稚足彦の顔を見つめたまま、ただぶるっと身体を震わせる。そして、美しい赤子が笑顔で触れる度、何度も身体を震わせた。

「お前は、稚足彦に惚れたな」

天皇の言葉に、不愛想な赤子の顔がみるみる赤くなる。周囲の大人たちは、涙が出るほど笑った。

「天皇様、この赤子、何を言われたかわかったのではありませんか」

「言葉も話せぬのに、大人の話を理解しているのでは」

天皇は、笑った。

「お前を武内宿禰と呼ぶ。その生真面目な気性で、お前と同じ日に生まれた皇子を守っておくれ」

側近達が、にこやかに驚いてみせる。

「羨《うらや》ましい！　もう位を頂けるとは！」

「なんと果報者《かほうもの》よ！」

周囲の男たちがつられて笑う中、黙って頭を下げる武雄心を、天皇は視界の端で捕らえている。

そうだ、変わった赤子よ。お前は「宿禰」。「皇子」ではない。神の意を受けた特別な子供であろうと。天皇家男子の血を受けていようと。お前は家臣だ。そのことを忘れるな。

皇子達が生まれ、纏向《まきむく》の日代宮《ひしろのみや》に穏やかな時が流れる。だが、筑紫では、天皇家と距離を置こうとする動きが出始めていた。

景行十二年七月、筑紫の熊襲《くまそ》が朝貢《ちょうこう》をしなかった。

「朝貢を怠るとは謀反《むほん》の証。見逃せません」

天皇も頷《うなず》く。

「秦や漢も、一度で天下を平定したわけではない。神の意志を確信できず待っていたが、今や三人の皇子も得た。私が出発することを神がお認めになったのだろう。いざ、筑紫に出かけん。支度《したく》せよ」

そして皇后達の元へと向かう。妃の八坂入媛を寵愛しているとはいえ、皇后はやはり別格。皇后が産んだ双子の皇子達は、次の天皇になるべき立場にある。

「ただ安穏と暮らしていてはいけない。統一倭国が再び分裂せぬよう努めること、それが天皇の役割だ。お前達も忘れるな」

弟の小碓は姿勢を正し、引き締まった表情で、父親の言葉にしっかりと頷く。兄の大碓は、ただ黙っている。双子の顔立ちは似ているが、その印象は異なった。

皇后が挨拶をする。

「行ってらっしゃいませ。お帰りをお待ちしております」

息子二人に天皇は声をかけた。

「母上を頼んだぞ」


続いて天皇は八坂入媛の元へと向かった。皇后の周囲には、多くの従者がついている。その中には、寵愛を受ける八坂入媛のことをよく思わない者達もいる。彼女が産んだ稚足彦は、幼子でありながら穏やかに落ち着き、その澄んだ眼差《まなざ》しの奥には知恵と勇気が垣間見えた。

「天皇様、お気をつけて」

そう言う八坂入媛の声は優しく心地いい。この美しい母子と離れるのは、本当に後ろ髪引かれる思いだ。天皇は、彼女を抱きしめる。

「媛、私が天下の主であることを世に知らしめるために行くのだ。皇子達のためでもある。お前達のことは、武雄心にも頼んである。心配するな。きっと彼等が守ってくれる」

景行十二年八月十五日。

晴れ渡る空。港に並ぶ軍船《いくさぶね》が波に揺れている。真っすぐに突き抜けた日差しが、武人達の甲冑をきらめかせる。がちゃがちゃと武具の音。秋の訪れを告げる風に甲板の旗が翻《ひるがえ》る。大足彦天皇が軍団を率い、初めての遠征に出かけるところだ。

遠征の行先は、筑紫。後に「九州」と呼ばれる所。筑紫もまた長い歴史を持ち、大陸へ続く玄関口として栄えてきた。由緒正しい天皇家の支配下にあることを正式に受け入れたのは、それほど前のことではない。天皇家が一つの倭国としての統合を維持するには、まだまだ努力が必要だった。

波止《はと》には見送りの家臣達。双子の皇子を連れた皇后もいる。

「ああ母上、私も一緒に行きたい！」

そう訴えたのは、弟の小碓、後の日本武尊。立派な軍隊を率いる父親の雄姿に、小碓の胸は誇らしい気持ちで一杯だ。きりりと引き締まった可愛い顔を紅潮させ、武人達に合わせて足踏みをしている。

「父上のお傍《そば》で、私も戦いたい！」

「私は行かぬ。都を離れて野蛮な国など」

気だるそうに兄の大碓がつぶやく。儀式など早く終わればよいのに。先ほどから日差しが暑くてたまらない。少年でありながら、微かな色気が漂う。だらしなく見える寸前まで緩めた衣服、その優雅な着こなしは天性のものか。

「統一倭国の維持は、天皇の務め。父上は、国のために行かれるのです」

諭《さと》そうとする弟を遮り、億劫《おっくう》そうに大碓が言う。

「我等を置いて」

むきになった小碓は、言い返そうと身を乗り出す。

「二人ともおよし。皆が見ている」

そうなだめた皇后の目が追っているのは、幼子の手を引く美しい女性。夫の寵愛を受けている妃、八坂入媛。あの幼子は、彼女が産んだ皇子、稚足彦。大勢の中にいても、すぐわかる。垢抜け華やかな母子。人目を惹く美しさ。その傍らに控えている立派な男性は、武雄心。彼の息子は、八坂入媛の息子と全く同じ日に生まれたとか。名前は確か、武内宿禰。まだ子供であるのに、天皇が名付けた。

決起の雄叫び、打ち鳴らす銅鑼《どら》の音《ね》に、皇后は我に返る。夫が筑紫へと旅発つのは寂しい。けれど、同じ宮殿にいながら、他の女の所に通う夫だって遠い。宮殿から離れてくれる方が、ずっと辛くない。夫が筑紫へ行っている間は、引け目を感じなくてすむ。


兵や武器、当座の食糧や水を揃《そろ》え、天皇軍は筑紫に向けて出発した。天皇の心身に力が漲《みなぎ》る。今まで、目に見える活躍ができなかった。ようやく始められる。統一倭国の大王であることを、全土に知らしめるのだ。

一行の船団は、潮の流れを読みながら進む。最初に立ち寄ったのは、播磨（兵庫県）。それから、吉備（岡山県）。いずれも皇后の一族が統治する国だ。そして、安芸《あき》（広島県）へ。穏やかな内海を島々の間を縫いながら、天皇の船団は西へと向かう。愛媛と安芸との境の狭い海路を抜ければ、ぽっかりと広い湖のような景色。天皇にとっては初めての景色だ。

九月五日、一行は周芳国《すおうのくに》の娑麼《さば》の港に到着した。後の山口県防府《ほうふ》市の佐波《さば》川河口である。晴れ渡った空。穏やかな海の遥か向こうには筑紫の山々が見え、その山肌からは白い煙が立ち上っている。

天皇は家臣達に言った。

「あれは狼煙《のろし》ではないか。我等の到来を仲間に伝えているに違いない。賊の存在を確かめよ」

そして、天皇は周芳に留まり、内海の向こう岸へは家臣達を行かせた。多臣《おおのおみ》の祖となる武諸木《たけもろき》、国前臣《くにさきのおみ》の祖となる菟名手《うなて》、物部《もののべ》君の祖となる夏花《なつはな》の三人と彼等に従う兵達である。

狼煙が上がる山に近い岸辺に武諸木達の船が近づくと、白旗を船首に掲げた一行が現れた。中心にいるのは一人の女性。お付きの者が進み出る。

「こちらは、一国を治める巫女王、神夏磯媛《かむなつそ》様です。天皇様が使者の方を遣わされたと聞き、参上しました」

神夏磯媛と呼ばれた女が口を開く。

「この榊《さかき》は、この地の磯津山《しつのやま》の榊。私共の服従の証でございます。我等一族、決して叛きはいたしません。どうか兵を差し向けないでください」

「では、あの狼煙《のろし》は何だ」

武諸木の問いに、彼女は答える。

「我等の他に、悪い者達がいるのです」

後ろに従う男達も一斉に頷く。

「一人は、鼻垂《はなたり》といいます。自ら君主と騙《かた》り、山谷に仲間を集め、菟狭《うさ》の川上に砦《とりで》を築いています。二人目は、耳垂《みみたり》。民や物を略奪し火を放つなど、貪欲で残虐な男。この男は、御木《みけ》の川上におります。三人目は、麻剥《あさはぎ》。密かに徒党を組み、高羽《たかは》の川上におります。四人目は、土折猪折《つちおりいおり》。緑野《みどりの》の川上に隠れ住み、山川の険しいことを利用し、人民を襲っては略奪を繰り返しています。これら四人がいる所は、いずれも要塞。多くの仲間を従え、首領を気取り、口を揃えて『天皇の命になど従わぬ』と言っております」

神夏磯媛は武諸木達一行を改めて見渡す。悪党達とは違う、整ったいでたち。正式な武器を持った兵士達。

「どうか、悪党四人を速《すみ》やかに討ってください。必ずや天誅《てんちゅう》を下し、滅ぼしてくださいませ」

彼女達が引き上げた後、武諸木達は話し合う。

「彼等がいる所は川の上流、険しい山中の要塞。しかも、それぞれが別の川の上流にいるらしい。つまり尾根を挟んだ四つの要塞というわけだ。土地勘のない我等が攻めるのは、我等の人数を考えても不利ではないか」

武諸木の言葉に、菟名手や夏花も賛同する。

「我等は分散せず、この地にとどまり、彼等をおびき出すことを考えましょう」

「どうやっておびき出す」

三人は知恵を出し合い、考える。

「いずれも欲が深く物を欲しがる連中とか。ここは、あえて攻め込まず、物を与えておびき寄せてはいかがでしょう」

「誰から呼ぶか」

「鼻垂、耳垂は、おそらく一番、二番の強者。鼻垂から呼ぶと、彼等の序列を認めたと受け取られます。ここはあえて三番手の麻剥から呼ぶのが妥当かと」

「そうだな」

翌日、武諸木達は、まず麻剥の仲間を誘うことにした。

「来ました！」

悪党達が武器を手に警戒しながら陣営を訪れた。立派な陣営や兵士達の装いに半ば圧倒されつつ、興味津々の様子で見まわしながら、武諸木達の前まで案内されてくる。

「我等の王、麻剥様に何か届けたいと聞いたが」

そう言いつつ、目の前に並べられた赤い上着、袴《はかま》、そして種々の珍しい品々に気づいた瞬間、その目は見開かれた。そして、その後も視線はちらちらと向けられる。武諸木は、微かにほほ笑む。

「そうだ。我等の天皇様が周芳まで来ておられる。筑紫に渡るにあたり、お前達の王に品物を下さるそうだ。ありがたく受けよ」

意気揚々と彼等が引き上げると、鼻垂、耳垂、土折猪折の元へも伝令が走る。

料金受取人払郵便

新宿局承認

3971

差出有効期間
2022年7月
31日まで
（切手不要）

郵便はがき

1 6 0-8 7 9 1

141

東京都新宿区新宿1－10－1

(株)文芸社

愛読者カード係 行

ふりがな お名前		明治 大正 昭和 平成 年生 歳
ふりがな ご住所	□□□-□□□□	性別 男・女
お電話 番　号	（書籍ご注文の際に必要です）	ご職業
E-mail		
ご購読雑誌（複数可）		ご購読新聞 新聞

最近読んでおもしろかった本や今後、とりあげてほしいテーマをお教えください。

ご自分の研究成果や経験、お考え等を出版してみたいというお気持ちはありますか。

ある　　ない　　内容・テーマ（　　　　　　　　　　　　）

現在完成した作品をお持ちですか。

ある　　ない　　ジャンル・原稿量（　　　　　　　　　　　　）

名				
買上 店	都道 府県	市区 郡	書店名	書店
			ご購入日	年　月　日

書をどこでお知りになりましたか?

1.書店店頭　2.知人にすすめられて　3.インターネット(サイト名　)

4.DMハガキ　5.広告、記事を見て(新聞、雑誌名　)

の質問に関連して、ご購入の決め手となったのは?

1.タイトル　2.著者　3.内容　4.カバーデザイン　5.帯

その他ご自由にお書きください。

(　)

書についてのご意見、ご感想をお聞かせください。

)内容について

)カバー、タイトル、帯について

一番手を自任する鼻垂としては、天皇の使いが最初に麻剥を呼んだこと自体、納得できない。そんな誤った情報を、一体誰が伝えたのか。二番手を自任する耳垂も同じ思いだ。四番手の土折猪折は、下克上の好機かと胸を躍らせる。

こうして三人はそれぞれの重要な家来を引き連れて、目一杯着飾って駆け付けた。兵を揃えて待ち構えていた武諸木達は、一斉に取り囲み全員捕らえて殺した。

反逆者成敗の知らせは、すぐに周芳へ伝えられた。天皇一行は船を出し、周防灘《すおう》を渡り、豊前国の長峡県《ながおのあがた》に上陸する。仮宮を建てて滞在したその地は、後に福岡県京都《みやこ》郡と呼ばれる。

天皇の活躍は、その都度《つど》、都へ伝えられる。戦を交えず悪党四人を征伐した話に、小碓は有頂天だ。

「なんと知恵に満ちた作戦だろう！」

ああ、自分も傍で見聞きできたなら！

その年の十月、天皇は南東の碩田国《おおきたのくに》に行かれた。後の大分である。その国土が広く大きく美しかったので、碩田と名付けられた。その速見邑《はやみむら》にも行かれた。後の大分県速見郡、別府市、杵築《きつき》市あたり。天皇の行幸を知った速津《はやつ》媛が、自ら天皇一行を出迎え願い出た。彼女は、この地を司る巫女王である。

「天皇様、この山には『鼠の岩屋』と呼ばれる大きな石窟があり、『青』と『白』という二人の土蜘蛛が住んでいます。また、直入県《なおいりのあがた》の禰疑野《ねぎの》には、『打猿《うちさる》』『八田《やた》』『国《くに》摩呂《まろ》』という三人の土蜘蛛がおります。五人とも力が強く、従う者達も多く『天皇の命令になど従わぬ』と申しております。もし、力づくで従えようとなされば、奴等は兵を興して歯向かうでしょう」

彼女の話を聞いた天皇一行は、進むことをやめ、直入県北部の来田見邑《くたみむら》に仮宮を建てて留まることにした。後の朽網《くさみ》である。この仮宮で、群臣達と対応を協議する。

「すぐに多くの兵を動かし、一気に土蜘蛛達を討とう。彼らが我等の勢いを恐れて山野に隠れてしまえば、後々悪い影響を残すだろう」

天皇はそう言い、椿の木を取って木槌を作り武器とした。そして、猛者を選び椿の木槌を授け、山を穿《うが》ち草を掃って「鼠の岩屋」の土蜘蛛「青」と「白」を襲った。逃げる彼等を追い、稲葉の川上で破り、その一味を殺す。打ち殺された者達の血は地面に流れ、踝《くるぶし》まで浸かるほどであった。これにより、その椿の槌を作った所を「海石榴《つばき》市《ち》」といい、血が流れた所を「血田」という。

続いて「打猿」を討とうと、禰疑山に入り、進み行く。すると突然、左右の木々の間から敵の矢が降ってきた。皇軍の前からも、矢が雨のように降り注ぐ。

「撤収！　一旦、引け！」

天皇軍は木原《きはら》まで戻り稲葉川の河畔に陣を張る。ただちに兵を整え、まず「八田」を禰疑野で撃ち破る。「八田」が敗れたことを知った「打猿」は、勝つことができないと覚悟し、天皇の元へ投降してきた。

「服従いたします」

と申し出たが、天皇は許さない。叛いた土蜘蛛達は、自ら谷に飛び込み死んだ。

天皇が最初に賊を討とうとしたとき、直入郡柏峡《かしわお》の大野に泊まった。その野に、長さ六尺、広さ三尺、厚さ一尺五寸の大石があった。天皇は誓約《うけい》を行い、こう言った。

「これからこの石を蹴る。私が土蜘蛛を滅ぼすことができるのであれば、石よ、柏の葉のように舞い上がれ」

そして石を蹴ると、柏の葉のように大空に舞い上がった。よって、この石を名付けて「踏石《ほみし》」という。この時に祈り祀った神は、志我神《しがのかみ》、直入物部神《なおいりもののべのかみ》、直入中臣神《なおいりなかとみのかみ》の三神である。

十一月、天皇一行は日向国《ひむかのくに》に至り、仮宮を建てて滞在する。これを高屋宮《たかやのみや》という。

十二月五日、高屋宮において、熊襲征伐について群臣達と諮る。

「我等が筑紫に来たのは、そもそも熊襲を倒すためであった。熊襲の襲国《そのくに》には、厚鹿文《あつかや》と迮鹿文《さかや》という強者がいると聞く。二人は兄弟で、ともに勇猛果敢。慕う者達も多く『熊襲の八十梟帥《やそたける》』と呼ばれているとか。簡単には倒せまい。だが大規模な戦を行えば、百姓達が犠牲になる。何か、軍や武器の力だけに頼らず平定する方法はないだろうか」

天皇の言葉に、一人の家臣が進み出る。

「天皇様、厚鹿文には二人の娘がおります。姉の名は市乾鹿文《いちふかや》、妹は市鹿文《いちかや》。二人とも極めて美しく、夫はいないとか。贈り物を用意して、天皇様の元に召し入れてはいかがでしょうか。彼女達の口から情報を得、好機を待てば、刃を血で濡らさずとも熊襲を従えることができるのでは」

「それは良い考えだ」

天皇がそう言い、家臣達も賛同する。

準備ができるとすぐに、娘達の元へ使いが走った。使いの者は、美しい布や装身具を広げて懇願する。

「高屋宮に滞在されている天皇様が、お二人が美しく心根がまっすぐであると聞き、後宮にお迎えしたいと言われています。これは、両家がこれから手を携える証として、天皇様からお二人へ送られた物です」

姉の市乾鹿文は、大きな目をさらに見開く。美しい物は見慣れているが、使いの者が持参した品々は、さらに洗練され気品にあふれている。思わず手に取ろうとするのを、妹の市鹿文が横から押しとどめる。

「お姉さま、父上に相談しなければ」

漆黒の豊かな髪、はっきりとした目鼻立ち。そのような姉に比べ、妹の顔はおとなしく控えめ。性格もそうなのだろう。そう密かに観察しながら、使者は丁寧に言う。

「厚鹿文殿は天皇様のことを誤解なさっています。相談したら、きっと反対されるでしょう。どうか我等を信じ、仮宮へ来ていただけませんか」

「わかりました。参ります」

あまりに早い決断に、妹が驚く。

「お姉さま！」

「お前は行きたくなければ残ればよい。私は天皇様に会ってみたい」

「お姉さま一人行かせるわけにはいきません。わかりました。私も行きます」

仮宮に着いた姉妹は、すぐに天皇の元に通された。目を伏せ進み出る姉妹。ちらりと視線を上げた姉は、堂々たる気品に満ちた天皇の姿に、鼓動が速くなる。普通の男と違うのは、すぐにわかった。今まで、美しい男、優しい男では物足りず、強さを誇る男は武骨さが鼻についた。頼られると煩《わず》らわしく、頼れと言われると反発した。美しさと強さ、そして人並はずれた風格を併せもつ男、この世の中に、こんな男がいたのか。

「そなた達が熊襲梟帥《たける》と呼ばれる厚鹿文殿の姫君か」

天皇が声を掛けたときには、姉の瞳はまっすぐに天皇に向けられていた。ああ、声まで素敵だ。男らしいのに気品がある。

「私と契《ちぎり》を結ぶ気持ちはないか」

頬を紅潮させ、市乾鹿文は頷く。

「謹んでお受けいたします」

その日から、市乾鹿文は天皇に仕えた。あまりに簡単に身も心も許す姿に、策略ではないかと疑ったが、まっすぐに見つめてくる瞳に嘘はなさそうだ。天皇は毎夜彼女を召した。

横たわったまま、天皇は嘆いてみせる。

「お前とはこうしてうまくいくのに、お前の父上とは、どうしてうまくいかないのだろう」

彼女は天皇の胸に頬を寄せながら言った。

「熊襲が服従しないことを憂うのはおやめください。私によい考えがあります。一人いえ二人、兵士を私にお預けください」

「どうするのだ」

身を起こしかけた天皇を押しとどめ、彼女は言う。その潤んだ黒い瞳には、強い決意が宿っている。

「何も心配しないで。私に任せて」

翌日、天皇は武術に優れながら頑強に見えぬ兵を二名選び、市乾鹿文に付けた。彼女は実家に帰り、父親に酒を勧める。

少し会わなかった間に、娘は美しさを増し、艶やかな色気があふれ出している。どんな男を薦めても、首を縦に振らなかった娘。ついに好きな男ができたのか。相手の名前を聞いても、笑って答えようとはしない。それでも娘に酌をされ機嫌よく飲んでいた父親は、酔ってそのまま眠ってしまった。

父親が熟睡したのを確かめると、彼女は父親の弓の弦を切る。そして、控えていた兵士二人を招きいれた。油断していた熊襲梟帥は、一撃で殺された。

「天皇様、天皇様」

息せき切って、市乾鹿文が仮宮へ帰ってくる。

「父は死にました」

頬を紅潮させ、長い黒髪は乱れている。

「天皇様、これで熊襲は天皇様のもの」

そして、抱擁を求めるかのように両手を差し伸べる。その衣服には父親のものらしき血が。天皇は、思わず後ずさった。

「そなた、父親を殺したのか？」

「お姉さま！　本当なの？」

飛び出してきたのは、妹の市鹿文。

異様に興奮した顔で、姉は答える。

「お父様が悪いの。天皇様に逆らい、天皇様を苦しめた。お父様が悪いの」

妹は泣き叫んだ。

「お父様を殺したの？　お姉さまが殺したの？」

天皇は我に返り、市乾鹿文の顔を改めて見る。父親の血で穢れた両手は震え、その顔は泣いているような笑っているような。天皇は、家臣に命じた。

「市乾鹿文を捕らえよ。父親殺しは、大罪。死罪とする」

彼女は驚きのあまり、声も出ない。熱に浮かされたような赤い顔で、ぱくぱくと口を動かし、天皇の顔を見つめながら、兵士達に引きずられていく。妹の市鹿文は、なすすべもない。

父親と姉を失った市鹿文を、天皇は火国造《ひのくにのみやつこ》に与えた。


その頃、都では子供たちが成長を続けていた。皇子たちは、周囲の者たちに守られ育っていく。父親と離れ、顔を合わせて声を聞くことはできないが、その活躍の様子は都へつぶさに伝えられ、幼い皇子達は、父親の英雄譚《たん》を聞いて育った。双子の弟、小碓は、父親が活躍した話を聞くのが何より嬉しかった。自ら国を巡り、次々に平定していく姿は誇らしく、逆らう悪党達が倒されていく話は心が躍った。中でも熊襲の話は、興奮した。

「母上、父上は手を汚すことなく、悪党を自滅させました。父上でなければできないことです。娘が父親を殺すなど、都の女では考えられません」

皇后稲日大郎姫《いなびのおおいらつめ》は、複雑な思いだ。天皇が八坂入媛の元に入り浸っていた頃、播磨の父親は、皇后の妹である稲日若郎姫《いなびのわかいらつめ》まで天皇に差し出した。妃になった妹は、真若《まわか》王、彦人大兄《ひこひとおおえ》王という皇子二人を産んでいる。

熊襲の姫、市乾鹿文。夫を愛し、自分の父親を殺し、自らは処刑された娘。いったいどのような女性だったのだろう。

母親の思いをくみ取ったかのように、兄の大碓が言う。

「哀れな話だ」

その言葉に、小碓はきっと振り返る。

「天皇に逆らう者達だ。哀れなのは当然だ」

そして、母親に問うた。

「母上、父上はいつ帰られるのですか。早くお会いして、直接お話を聞きたい。私も父上のような男になりたい」

景行十三年五月、襲国を確実に平定した天皇一行は、高屋宮に滞在を続けている。この高屋宮では、御刀媛《みはかし》という美しい女性を召して、天皇は男児を得た。豊国別《とよくにわけ》と名付けられた皇子は、日向国造《ひむかのくにのみやつこ》の始祖となる。

景行十七年三月十二日、まだ高屋宮にいた天皇は、子湯県《こゆのあがた》に行幸した。後の宮崎県児湯《こゆ》郡あたり。東に開けた景色を見渡し、付き従う者達に言われた。
「この国はまっすぐ日の出の方角に向いている」
よってこの国を「日向」と言う。この日、野中の大きな岩に上り、都を偲び歌を詠《よ》まれた。これを思邦歌《くにしのびうた》という。

愛《は》しきよし　我家《わぎえ》の方《かた》ゆ　雲居《くもい》立ち来《く》も

倭《やまと》は　国のまほらま　畳《たた》なづく青垣　山籠《こも》れる　倭し麗し
命の全《まそ》けむ人は　畳薦《たたみこも》　平群《へぐり》の山の白橿《しらかし》が枝《え》を　髻華《うず》に挿《さ》せ　此の子

愛しい我が家の方か　雲が立ち上ってきているのは
大和は国の優れた地　青き山々が重なり平地を取り囲む　大和よ麗しい大和よ
命の力に満ちた人は　平群の山の白橿原の枝を　結った髪に挿せ　この子よ

天皇の胸にもようやく望郷の思いが湧いてきた。都の宮殿、大和の地、子供達。すべてが懐かしい。熊襲を制圧し、筑紫の状況も安定してきた。目的は果たされた。都へ帰ろう。

景行十八年三月、天皇は都に向かいながら、筑紫諸国を巡幸する。諸県《もろかた》まで至ったとき、石瀬《いわせ》川の畔に民が多く集まっているのが見えた。
「あの群衆はなんだ。敵か」

見に行かせた者達は、戻って来て報告する。

「諸県君泉媛《もろかたのきみ》が天皇様に御馳走をふるまいたいと、一族が集まっております」

後の宮崎県小林市辺りでの出来事。


四月三日、熊県《くまのあがた》に至る。後の熊本県球磨地方。この地には、兄熊《えくま》と弟熊《おとくま》という二人の熊津彦がいた。

天皇はまず兄の兄熊を呼び出した。兄熊はすぐさま使者に従って詣でた。次に弟熊を呼び出すと、彼は来なかった。よって、兵を出し、弟熊は殺した。

十日に海路を使い、葦北の小島に泊まる。食事を摂ろうとしたが、どこにも水場がない。よって山部阿弭古《やまべのあびこ》の祖となる小左《をひだり》を召して、冷たい水を献上するよう命じた。困った小左が天神地祇に祈ると、たちまち崖の辺から泉が湧き出す。彼はその水を酌み、天皇に献上した。よって、この島を水嶋と名付ける。

五月、葦北から船出し、火国に至る。到着した頃には日が暮れ真っ暗になり、どうしたら岸に船を着けられるかわからない。すると、遥かに火の光が見えた。

「まっすぐあの火の方を目指せ」

天皇の指示により、船頭は火を目指して進める。やがて船は岸に着くことができた。

「ここは何という邑だ」

天皇の問いに地元の民が答える。

「八代県《やつしろのあがた》の豊《とよ》村でございます」

「この火は、誰が灯した」

その問いには、誰も答えることができない。それで、誰の火でもない、人が灯した火ではないことがわかった。よってこの国を「火の国」という。

六月三日、後に島原半島と呼ばれる高来県《たかくのあがた》から、船で玉杵名邑《たまきなのむら》に渡る。玉杵名は後に「玉名」と呼ばれる。この地では、土蜘蛛の津頬《つつら》という者を殺す。

同月十六日、阿蘇の国に至る。この地は広々として遠くまで見渡せ、人の家は見当たらない。

「この国に人はいるのだろうか」

天皇がそう言うと、この地の神が人の姿になって現れた。

「我等二人がいるではないか。なぜ人がいないと思うのか」

二神の名は、阿蘇都彦《あそつ》と阿蘇都媛という。よって、この国を「阿蘇」という。

七月四日、筑紫国筑後の御木《みけ》に至る。後の三池、福岡県大牟田市辺り。高田という場所に仮宮をおく。

そこには、倒れた大木があった。長さは九百七十丈。役人たちも皆、その木を踏んで往来する。人々は、こう歌う。

朝霜の　御木のさ小橋《をばし》　群臣《まえつきみ》　い渡らすも　御木のさ小橋
「この御木とは、何の木だ」

天皇が問うと、一人の老人が申し上げた。

「この木は、歴木《くぬぎ》と申します。昔、まだ倒れていなかった頃は、朝日の光を浴びればその影は杵嶋《きしま》山まで及び、夕日を浴びれば阿蘇山まで及びました」

「この木は神の気がある木だ。この国を御木国と呼べ」

天皇がそう言うと、老人の姿はいつの間にか消えていた。

「天皇様、なぜ神の気があると言われるのですか」

家臣に問われ、天皇は答える。

「九百七十とは、クナ。歴木は狗奴《くぬ》貴《ぎ》。かつてこの地を治め、我等に滅ぼされた大国、狗奴《くな》国のことだろう。国が滅びても人々は普通に暮らし続ける。王が滅びても、家臣達は次の王に仕えている。二つの国をつなぐ橋となった大木を踏みながら」

七月七日、八女《やめ》県に入る。藤山を超えて、南方の粟岬《あわのさき》を望む。

「その山の峰の重なり、美しく麗しいこと甚だしい。あの山には神がおられるに違いない」

天皇の言葉に、水沼県主《みぬまのあがたぬし》の猿大海《さるおおみ》が申し上げる。

「女神がおられます。八女津媛《やめつ》というお名前で、常に山の中におられます」

八女国の名は、この女神の名による。


八月、的邑《いくはむら》に至る。天皇の食事を担当する者達は、盃を忘れた。よって、その盃を忘れた所を浮羽《うきは》という。後に的というのは、「浮羽」がなまったのである。筑紫の人々は、盃を浮羽と呼ぶ。


景行十九年九月二十日、天皇はついに都へ戻った。長い長い平定の旅であった。

「お帰りなさいませ」

皇后の稲日大郎姫《いなびのおおいらつめ》。天皇は、うなずく。彼女の傍らには、双子の皇子達。

「大きくなったな」

正直驚いた。子供の成長に、都を留守にしていた歳月の長さを改めて思う。

「父上！」

双子の息子は相変わらず、同じ顔立ちでありながら異なる印象を与える。大碓は、美しい貴族のような姿。どこかぎこちない態度は、母親の皇后によく似ている。小碓は、内側から力があふれ出るような、まっすぐな印象。頬を紅潮させ、父親を見つめている。

「父上の御活躍は、いつも聞いておりました。父上、私も父上のように国のために活躍する英雄になりたいと思います」

「そうか」

妃の八坂入媛の姿を見ると、大勢の者達の中にいても、愛おしさがこみ上げ、身体が熱くなる。よくも何年も触れずにいられたものだ。以前にも増して美しく温かい優しさに満ち溢れている。

その隣に立つのは、彼女が産んだ稚足彦。美しくたおやかな容姿。がつがつした印象も、ぎこちなさもない、自然でゆったりと落ち着いている。

祝いの席には、武雄心も息子を連れて出席している。武内宿禰は相変わらず生真面目な表情。同じ日に生まれた稚足彦とは、表と裏、陽と陰のよう。

この子供達が、この国の将来を担うことは間違いないだろう。

景行二十年二月四日、五百野皇女《いおののひめみこ》を派遣し、天照大神《あまてらすおおみかみ》を祝い祀らせる。五百野皇女は、三尾氏磐城別《いわきわけ》の妹である水歯郎媛《みずはのいらつめ》が産んだ皇女である。

天皇が去った途端、筑紫では動きが始まっている。その年の八月には、熊襲が再び叛き、周辺の国々に攻撃を仕掛けることを止めない。

十六歳を迎えた小碓は、いてもたってもいられない。

「父上が筑紫を離れた途端叛くなど、なんとふざけた奴等だ！　私が行って思い知らせてやる！」

十月十三日、天皇は小碓を呼んだ。

「小碓よ、熊襲征伐に行きたいと話していると聞いたが」

「はい」

「我らが目を光らせていることを知らしめるのは、必要なことかもしれぬ。だが、戦の経験がないお前に、軍隊を率いることができるだろうか」

小碓は、胸を張る。

「私も父上の息子です。弓の名手がいれば、お預かりして共に行きたいと思います。どこかにいますでしょうか」

「何か考えがあるのだな」

天皇が早速問うてみると、一人の家臣が申し上げる。

「美濃国に弓の名手がいます。弟彦公という名です」

「その者を呼んで参れ」

小碓は、葛城の人である宮戸彦を遣わし、弟彦公を召喚した。呼ばれた弟彦公は、三人の武人を率いて参上。この時、小碓は十六歳。すらりとした姿にまだ初々しい少年の面影。日本童男《やまとをぐな》とも呼ばれていた。

「このような急遽呼び出した者達だけでよいのですか」

心配する家臣達に、小碓はあでやかに笑う。

「案ずるな。父上に倣い、知恵と勇気で倒してみせる」

十二月、小碓一行は熊襲国に到着した。さっそく国の地形や治政の有様を探り、計画を練る。

「小碓様、熊襲の梟帥《たける》が親族を集め宴を開くとか。紛れ込む絶好の機会では」

「熊襲の梟帥は、父上に成敗されたのではなかったか」

「今『梟帥』と呼ばれているのは、娘に殺された厚鹿文《あつかや》の弟、迮鹿文《さかや》の息子で名は取《と》石鹿文《しかや》。人は、川上梟帥《かわかみのたける》とも呼んでおります」

「父上が手を汚さずに倒した厚鹿文の甥か」

「そうです」

小碓の血がたぎる。

「わかった。行こう」

「どうされるのですか」

「考えがある。女物の服を揃えよ」

熊襲の男は、女に弱い。男は警戒されるが、若い女には油断する。

小碓は髷《まげ》を解き、長く美しい髪をおろし、乙女の衣服を身につける。やや背が高いがうっとりするような美少女だ。服の下に剣を隠し、頭から布をかぶり、川上梟帥の宴が行われている館へと、夜道を進む。

賑やかな声が聞こえてくる。酒が入っているのだろう。上機嫌な男達の声。笑い声も響き渡る。

弟彦公達を物陰に待機させ、被り物を取り乙女の姿で、小碓は女たちが出入りする戸口に近づく。

一人の女が小碓に気づいた。

「あらぁ、あんた、こんな所で休んでないで、中へお入り」

その時、月明かりで小碓の顔が浮かび上がった。思わず顔を伏せ、小声でつぶやく。

「恥ずかしくて……」

「何を言うか、この別嬪《べっぴん》が。ちょっとおいで」

手を引かれ、宴の席へと小碓は入っていく。

「おお、なんと別嬪！　こっちへ来て酒を注げ」

気づいた川上梟帥が遠くから声をかける。格段の美しさだ。席から立ちあがり、酒が入った足元は少しよろけながら、小碓の手を引いて席に戻る。

伏し目がちにほほ笑み、ときどき視線をあげて相槌を打つ。形のよい白いまっすぐな指。酒を注ぐその手も品よく美しい。川上梟帥の両目は充血し、突然現れた乙女の手を取り、肩を抱く。どこまでも上品で華奢《きゃしゃ》な女。男の息も荒くなる。このように美しい乙女を見るのは初めてだ。

夜は更け、人々が退出し始め、宴席ががらんと空き始めても、川上梟帥は片手で小碓の肩を抱きながら、酒を飲み続ける。

「では、我等はこれにて」

将軍達が席を立ち、そのまま千鳥足で部屋を出ていく。二人きりになったとき、小碓はすっと顔を上げ、川上梟帥の顔をまっすぐに見つめた。柄にもなく照れたような笑みを浮かべた猛者の胸元は、いきなりぐいと掴まれる。信じられないほど強い力。男か？　驚く川上梟帥に冷たく微笑みかけ、小碓は剣を抜き男のみぞおちから突き上げた。細い身体からは想像がつかない強い力で一撃だ。残忍という言葉さえ似合わない。かすかに上気した若く美しい顔。

さらに力を込めて剣をねじ込もうと肩をいからせたとき、川上梟帥が声を出した。

「ま、待て。しばし待たれよ。一言聞きたい」

小碓は剣の柄を握ったまま、待つ。

「そなた、誰だ。教えてくれ」

「私は、日本国の天皇、大足彦天皇の皇子。小碓こと日本童男だ」

「日本童男……」

剣に胸を刺しぬかれながら、川上梟帥が苦しい息をつく。皇子だったのか。ああ、なんという美しさだろう。

「私は誰より強かった…。私に敵う者はなく、皆が私に従った。あなたのような高貴な方に……、僭越だろうが、どうか尊称を贈らせて欲しい」

「許す。言ってみよ」

「これからは、日本武尊とお名乗りください」

「わかった。言いたいことは、それだけか」

苦しそうに川上梟帥が頷くと、小碓は力を込め、剣を押込み、とどめを刺した。

翌朝、人々が見つけたときには、川上梟帥は自らの血だまりの中で死んでいた。主を失い動揺する者達。日本武尊と名を変えた小碓は弟彦等を遣わし、悉く滅ぼした。

一行は海路を辿り、都へと帰る。途中の吉備では穴海を渡り、荒ぶる者達を誅殺する。また、浪速に帰るときには、柏済《かしわのわたり》の荒ぶる者達を成敗した。

こうして、小碓改め日本武尊は天皇の元に参上し、熊襲平定を報告する。

「父上、天皇のご神霊のお陰で、一度の遠征で熊襲の首領を誅殺し、熊襲の国を平定しました。これにより、西の者達は鎮まりました。百姓達にも害は及ぼさずにすみました。ただ、吉備の穴渡りの神と、難波の柏渡りの神のみ、海路を行く人々を苦しめ害を及ぼしておりましたので、成敗しました。これにより、水陸の道を確保いたしました」

天皇は、日本武尊となった小碓の功績を褒め称えた。母親の腹から先に世に出てきたのは双子の兄の大碓だが、次の天皇は日本武尊で間違いない。周囲の人々は皆そう思い、小碓の元へは縁談が相次いだ。

活目《いくめ》入彦《いりひこ》五十《い》狭《さ》茅《ち》天皇（第十一代　垂仁《すいにん》天皇）の最後の妃苅幡《かりはた》戸《と》辺《べ》の娘である両道《ふたじ》入姫《いりひめ》もその一人。彼女は、足仲彦《たらしなかつひこ》皇子、後の足仲彦天皇（第十四代　仲哀天皇《ちゅうあいてんのう》）を産んだ。他にも、吉備武彦《きびのたけひこ》の娘の吉備穴戸武媛《きびのあなとのたけひめ》、穂積氏忍山宿禰《おしやまのすくね》の娘の弟橘媛《おとたちばなひめ》、山代の玖玖麻毛理媛《くくまもりひめ》など。息長《おきなが》田《た》別《わけ》王も、小碓がある妻に産ませた子だ。

父親である天皇自身も、さらに多くの妃を娶り、多くの子を得ていた。その数、男女合わせて八十人にもなる。とりわけ寵愛を受けた八坂入媛は、稚足彦の弟の五百城《いおき》入彦《いりひこ》を含め、多くの子を産んだ。天皇は、皇后が産んだ日本武尊と、八坂入媛が産んだ稚足彦と五百城入彦の三人を残し、他の子供たちは諸国にやり、その地を治めさせた。

日本武尊の双子の兄、大碓は違った。父や弟が多くの女性を妻にするのを見ても、自分もそうしようとはしなかった。面倒だという思いもある。だが、そもそも、そういう風に女性に接することができなかった。

その頃、武内宿禰ももどかしい思いを抱えていた。日本武尊が脚光を浴びる中、五歳ほど若い稚足彦も自分も蚊帳の外だ。活躍する場も機会もない。まだ子供扱いなのだ。日本武尊は確かに功績を挙げた。ただ、天皇軍が抑えた後をなぞっただけではないか。武力に優れている以外、何が優れているというのか。

景行二十五年七月、天皇は武内宿禰を呼んだ。武内宿禰も十六歳。日本武尊が熊襲を倒したのと同じ年になっている。彼も天神地祇に祈願して生まれた男子の一人。どのような力を持っているのか、試そうではないか。

彼はすぐに駆け付けた。相変わらず生真面目な表情で、天皇の命を待つ。

「武内宿禰よ、都から西は抑えてきたが、東方はまだだ。お前が行って、国々の地形や百姓達の様子を視察し、報告せよ」

「かしこまりました」

七月三日、武内宿禰は東国へと発った。一方、かつての熊襲征伐の功績により天皇の信頼を得ていた日本武尊は、宮殿にいるだけでは活躍の機会も限られる。

「父上は、私に言ってくだされればよかったのに」

そうこぼす日本武尊に、側近は言った。

「若様は、皇后様から生まれ、次の天皇になる方。そのような大事な方を危ない目にあわせるわけにはいきません。武内宿禰は、天皇家男子の血筋を引いてはいますが、所詮傍系。天皇様は、忠義心を試されたのでしょう」


景行二十六年。

日本武尊の双子の兄大碓は、血生臭いことが苦手だ。天皇の長男として皇后から生まれ、次の天皇になってもおかしくない立場であったが、重い責任を敢えて負いたいとも思わない。

「兄上も手柄を立てては」

そう弟に勧められても、まったくその気は起きない。戦いなど真っ平だ。母親である皇后播磨稲日大郎姫《はりまのいなびのおおいらつめ》の近くで自分らしく暮らしていきたい。

そんなある日のこと、天皇は、美濃国造神骨《かむぼね》に美しい二人の娘がいると聞いた。

「大碓を呼べ。戦が苦手なあれでも、このような仕事ならばできるであろう」

呼ばれた我が子に、天皇は言う。

「美濃国造神骨の娘に美しい姉妹がおり、後宮に入れたいと父親が望んでいる。姉は兄遠子《えとおこ》、妹は弟遠子《おとどおこ》。大碓よ、美濃国へ行き、二人を連れて参れ」

頭を下げて退出する大碓。

「まことに父上は女好き。何人妃を持てば気がすむのか。名前を覚えられぬほど兄弟が増え、いったいどうなることやら」

「天皇家が栄えるのはめでたいことでございますよ。最初、皇子が誕生せず、天神地祇にずいぶん祈願なされたのですから」

「その祈願で最初に生まれたのが私というわけだ」

「さようです。八坂入媛殿も少しは遠慮されたのでしょう。大碓様と日本武尊様が最初の皇子。それから稚足彦様。遠征から戻られて五百城入彦様」

そんな話を側近としながら美濃へ着き、美濃国造神骨の屋敷を訪れる。

「娘二人を後宮に入れたいと聞き、迎えに来たのだ」

訪ねて来た優男が天皇の長男の大碓と知り、神骨は大いに感激した。

「是非、お連れくださいませ」

歓待を受け、二人の美女を連れて都へと戻る。それにしても、二人とも若く美しい。大碓の口から思わず本音が漏れる。

「父上にはすでに多くの妃がいる。私の母である皇后もいるし、長年に渡り寵愛を受けている妃もいる。男子を産めたとしても、その子が次の天皇になれる可能性はない。しかも、父上はもう年だ。そなたたちが不憫でならない」

美しい大碓の優しい言葉に、娘二人も涙ぐむ。

「私共は、天皇様の妃になりたいなどと大それた望みは持っておりません。お許しいただけるならば、このまま大碓様の妻となり、平穏に暮らしとうございます」

「わかった。そうしよう」

「天皇様はお怒りではないでしょうか」

「私に任せよ。大丈夫だ」

大碓は、二人の美女を自分の屋敷に連れ帰り、妻にしてしまった。そして、他に器量のよい女二人を選び、美濃国造の娘と偽って天皇に献上した。

「よく役目を果たした」

そう褒めた天皇だが、何かが違うと感じていた。献上された女性二人は、確かに美しかったが、都まで評判が伝わるほど特別なものは感じない。密かに調べさせると、大碓が美濃国造の娘達を自分の妻にしていることがわかった。

天皇は気づかぬふりをし、大碓が連れてきた女二人を後宮に入れる。

「だから、気づかぬと申しただろう」

大碓は、美女二人を相手に有頂天だ。

「あれだけ多くの妃をもっているのだ。一人ひとり、しっかり見ているものか。そなたたち、入れ替わっても気づかれぬような所に連れていかれなくてよかった」

娘二人も心からそう思った。大事にしてくれる優しい大碓様に守られて、本当によかった。

天皇は、身代わりの女たちを後宮にとどめながら、一向に訪ねようとはしない。息子と一緒になって天皇をだますような女達。愛情を注ごうとは思わない。年頃の美女二人は、一度も訪ねてもらえぬまま、苦しみ続けた。

「兄上は、なんということをされたのですか！」

日本武尊は叫んだ。兄の家で二人の美女を見た途端、そこらにいる美女ではないことがすぐにわかった。

「父上を裏切ったのですか！」

「裏切るなどと、大袈裟な」

大碓は、心外とばかりに口をとがらせる。

「父上のところには、ちゃんと美女二人を届けた。あれだけ多くの妃を持っておられるのだ。新しい美女なら誰でもよいのだ」

日本武尊はむきになる。

「父上と私がこの国のために命を懸けて尽くしているのに、兄上は父上の女を横取りされるのか！」

「大袈裟な。お前ももっと気楽にすればよいのだ。我等は皇后から生まれた皇子。何をそんなにがつがつしている」

日本武尊が恐れていたことが起こりつつあった。天皇の心はさらに八坂入媛とその子供たちに傾いている。嘘をついて平然としている大碓は、我が子といえど疎ましく感じてしまう。功績がある日本武尊も、兄と同じ顔立ちを見ていると、以前ほど愛おしいと思えない。

日本武尊は悲しんだ。誰よりも父に憧れ、誰よりも父を愛しているのだ。かと言って、兄がしたことを告げ口することもできない。そんなことをすれば、兄はただでは済まないし、そうなれば母上を悲しませることになる。

父親の妃候補を奪ったことが知られたと気づいた大碓は、なんとも顔を合わせづらい。父天皇は、日本武尊にこぼした。

「汝の兄は、なぜ朝夕の食事に出てこない。お前がよく教え諭せ」

「かしこまりました」

日本武尊は、兄の元へと出向く。

「兄上、なぜ朝夕の食事の場に出てこないのですか。私が父上から問われました」

大碓は答える。

「父上は、何か感づかれたようだ。私を見る目が冷たいし、私が献上した女達は、可哀そうに一度も手をつけられていないとのこと。まるで生殺しだ。そんなひどいことをする父上と、一緒に楽しく食事などできるわけがない」

「なんということを言うのですか！　悪いのは兄上ではないですか！」

「お前はいつも正しくて、いつも勇敢。私はお前とは違うのだ。放っておいてくれ」

それから五日たっても、大碓は食事の席に出てこない。

父親は苛立ち、日本武尊を問い詰める。

「お前の兄は、まだ出てこない。本当に教え諭したのか」

「仰せのとおり、教え諭しました」

「五日も経つのに、まだ出てこないではないか。どう教え諭したのだ」

自分が責められ、日本武尊の頭に血が上る。

「死んだのではないですか！」

そして言い募る。

「朝、厠《かわや》に入る兄を待ち受けて、掴み倒し、手足を引きちぎって、薦《こも》に包んで捨てました！」

私だって、そのくらいの気持ちです。愚かな兄が悔しく腹が立って気持ちが収まらない。父上、私も同じ思いです！

目で訴えかける日本武尊。だが、一瞬合った視線は、ふっとそらされた。

自分でも不思議だった。大碓は嘘をつき、父親から女を奪った。本当に腹が立つ。けれど嫌悪感はない。馬鹿な息子に腹が立つだけ。たった今、微かに感じた嫌悪、違和感。なぜ、日本武尊に感じたのか。一番信頼し、天皇の地位を譲ることにしている我が子ではないか。

「そうか」

戸惑いを隠し、父は一言そう言った。

どうしたらよいのだ。

「私が疎まれるようになったのは、兄上のせいだ。私を見ると兄上を思い出されるのだ」

部屋に戻った日本武尊は泣いた。どこで掛け違ってしまったのだろう。あれほど特別扱いされ、父上に誰よりも信頼されていたのに。言葉を交わし、心を見せてくださっていたのに。どうしたら、元の親子に戻れるのだ。

失った愛情を取り戻す方法がわからない。愛される手立てがわからない。母上と同じだ。どうしたらよいのだ。

その頃、天皇も考え込んでいた。

日本武尊は、最大の功績があった息子、皇后が産んだ皇子。本当に兄の手足を引きちぎったとは思わない。けれど、そういうことを平気で口にする、あの猛々《たけだけ》しさはどうだろう。あのまっすぐな気性の激しさは、この国の民を治める次の天皇としてふさわしいものだろうか。

八坂入媛が産んだ稚足彦は、すくすくと成長していた。日本武尊ほどではないが、武術の基礎は一通り身に着けているし、臆病ではない。母親に似て気品のある美しさを持ち、誰にでも優しい。学問にも優れ、多くのことを知っている。情は深いが流されず、知性にあふれ穏やかで広い視野を持っている。

天皇の心は、稚足彦とその同母弟の五百城入彦へと向かいがちになった。


景行二十七年二月、東国に視察に行っていた武内宿禰が帰った。

「東の僻地《へきち》に、日高見国《ひたかみのくに》があります。この国の者は、男も女も髪を二つに分けて結び、身体には入れ墨を施し、勇猛果敢な性格をしております。彼等を蝦夷《えみし》といい、国土は広く豊かに肥えております。討ち取られますように」

重臣達が居並ぶ前で堂々と天皇への報告を行う彼に、もう子供の面影はない。背丈も伸び、しっかりと筋肉がついている。

「武内宿禰は若いのに東国を視察し、役目を果たしたそうだ」

「本当に頼りになる男だ」

評判を耳にする日本武尊は、落ち着かない。

同年六月、東の夷《ひな》が叛き、辺境は落ち着かず騒動が続いた。

翌七月、天皇は家臣を集めて問いかけた。

「今、東国は安定せず、荒ぶる者達が多く出ている。蝦夷は反乱を起こし、民たちを略奪している。この乱れを鎮めるのに、誰を遣わすべきか」

群臣は皆、黙っている。誰も行きたくはないのだ。辺境の荒ぶる者がいる場所など。ましてや戦を交えるなど。自分も行きたくないが、誰かの名を上げるなど、とてもできない。

沈黙を破ったのは、日本武尊だ。

「私は、先に西の国々を征伐しに行ってまいりました。今度の遠征は、私の兄、大碓皇子の仕事でしょう」

一瞬静まり返ったが、すぐに賛同の声が聞こえ始める。

「そうだ、大碓皇子ならば適任だ」

皆が大碓皇子の方を見ながら頷いている。視線を浴びる大碓皇子は、見えない手で突然喉元を絞められたような気がする。私が東国へ？　荒ぶる蝦夷と戦えと？　戦に出たことなどないのに？　殺されるに決まっている！

家臣達は、じっとこちらを見つめている。ちらりと弟の顔を見れば、怖い顔で睨んでいる。無理だ！

大碓は、くるりと向きをかえると、皆に背を見せたまま走り出し、部屋から飛び出して行った。皆、呆気にとられ、止める間もない。

「大碓皇子！」

日本武尊が叫び、追いかけるが、大碓は草むらに飛び込み、身を隠す。

驚いたのは、父も同じ。大碓の屋敷に使いを出し、帰ってきた大碓を捕まえ、天皇の元へと連れて来させる。

うなだれてとぼとぼと歩く大碓。その美しい衣の裾には草の葉がついている。

「お前が望んでいないのに、私が無理矢理、東国へ行かせると思ったか！」

大碓は、まさに叱られた子供。うつむいたまま、何も言わない。天皇は、ため息をついた。

「なぜ逃げた。あの場所に蝦夷がいたか？　敵に出会ってもいないのに、怖がりすぎだろう！」

「兄遠子、弟遠子とは別れません！」

「なんだ、唐突に」

大碓は涙を流しながら抗議する。

「あの娘達は、私の妻だ。父上の元へはやりません！」

父天皇は、戸惑う。この息子は、なぜ今、そのようなことを言い出す。

「大碓よ…」

大碓にしては珍しく、強い視線で父を見返す。

「私は弟とは違う。人を殺したりできない。殺されるのは、もっと嫌です。家族と仲良く、穏やかに暮らしたい。知っておられて、こんな仕打ちを。あの姉妹は私が守る。母上と同じ思いはさせません」

大人の男がぽろぽろと涙をこぼしながら、言い募る。

「兄遠子、弟遠子とは別れません！」

「わかった」

天皇は、諦めた。この息子には、無理だ。

「お前に天皇の重責は務まらない。お前は皇后が産んだ長男だが、皇太子にはしない。お前達は、美濃へ行け」

美濃は美女二人の故郷。結局、天皇は大碓を美濃にやり、その地を治めさせた。


父親が兄を許し、美濃へ行かせたと聞き、日本武尊は雄叫びをあげた。そのまま、父の元へと駆けつける。何をしたいのか自分でもわからない。ただ、足が勝手に動いていた。

突然現れた日本武尊に、天皇は驚く。顔を紅潮させ、日本武尊は叫んだ。

「父上、熊襲を平定してそれほどの歳月も経ていないというのに、今度は東の蝦夷が叛くとは。いつになったら、すべてが鎮まり太平の世が来るというのか。大変苦労なことですが、私しかいないのでしょう。私が叛乱を鎮めに行って参ります！」

その勢いに圧倒されながら、天皇の胸に一つの思いが流れ込んでくる。目の前に立つこの青年は、我が子であって、我が子でない。国を守り、私を助けるために神が遣わされた軍神に違いない。大碓は愛することしかわからぬように、この子は戦うために生まれてきたのか。この子に感じてきた畏怖の感情は、そういうことだったのか。

天皇は、皇軍の証である斧《おの》と鉞《まさかり》を手に取った。

「東の夷《ひな》の中でも、蝦夷《えみし》はとりわけ強いと聞く。飛ぶ鳥のように速く山に登り、獣のように速く草原を走る。撃てば草の中に隠れ、追えば山に入る。それ故、古来、我等に従わず。今、改めて汝を見れば、背は高く逞しく、容姿は麗しく、力も強く鼎《かなえ》を持ち上げる。雷のごとく勇猛で、向かう所敵なく、攻めれば必ず勝つ」

日本武尊は両目を見開き、天皇の言葉を聞いている。

「わかったのだ。そなたは我が子として生まれてきたが、本当は神であると。私の力が足りず、国を治めきれていないのを天が悲しみ、そなたを遣わされたのか。天孫の血筋を繋ぎ、国土が絶えぬようされたのか」

天皇は、日本武尊を見つめ、斧と鉞を差し出した。

「この天下は、そなたの天下だ。この天皇の位は、そなたの位だ。深謀遠慮に努め、叛乱の実態をつかみ、天皇の神威を示せ。服従する者には徳を以てあたり、兵士達の犠牲を少なくして、敵に自ら従うように仕向けよ。言葉の力で荒ぶる神を鎮め、武力をもって騒がしき鬼たちを駆逐せよ」

その斧鉞を受け取り、日本武尊は天皇に応える。

「かつて、西方《にしのかた》を討ったときには、皇霊《みたま》の権威により、短剣一本で熊襲国を討つことができました。今また、天神地祇の霊に頼り、天皇の権威をお借りして、東国へ行き、神威に従えば徳で応え、従わざれば兵をもって打ち取りましょう」

天皇は、吉備武彦と大伴武日連《おおとものたけひのむらじ》とに命じ、日本武尊に従わせた。また、七掬脛《ななつかはぎ》という者を食事を作る膳夫《かしわで》とした。

十月二日、日本武尊は兵を率いて出発する。彼を慕う妃、弟橘媛も同行している。

十月七日、伊勢神宮に立ち寄って天照大神を拝み、叔母にあたる倭姫に出発の挨拶をした。

「天皇から命を受け、これから東に向かい、諸々の叛く者どもに天誅を下します。そのご挨拶に伺いました」

倭姫は、後に草薙剣《くさなぎのつるぎ》と呼ばれる天叢雲剣《あめのむらくものつるぎ》を取り出し、日本武尊に授けて言った。

「全力を尽くせ。決して気を許すな」

日本武尊の一行は東へ進み、やがて駿河《するが》に至った。すると、その地を治めているという男達が出迎え、従順そうな顔でしきりに狩りを勧める。

「この野は大鹿が多くおります。大勢で吐く息は朝霧の如く白く広がり、大勢の足が並ぶさまは茂る林のよう。是非、狩りをなさいませ」

男の言葉を信じた日本武尊は、狩りをしようと、広い野原に入って行った。

やがてパチパチという音。枯草が焼ける匂い。咳き込みながら見回せば、まわりはすでに白い煙で覆われている。先ほどの者達が日本武尊を騙し、火を放って焼き殺そうとしているのだ。

遅れて進んでいた弟橘媛も煙の中にいた。白い煙で何も見えない。赤い火がちらちらと見えるだけ。息が苦しい。このままここで焼け死ぬのか。

煙にむせながら座り込んだ時、煙幕の中から声が聞こえた。

「媛！　媛！」

愛しい夫の声だ。

「日本武尊様！」

煙をかきわけて現れたのは、剣を振りながら進む凛々しい夫の姿。

「媛、大丈夫か」

夫に支えられ、ようやく立ち上がる媛の頬に涙がこぼれる。

策に気づいた日本武尊は、倭姫が授けた天叢雲剣で周囲の草を薙ぎ払い、火打石で向い火をつけていた。

「あやうく騙されるところだった」

こうして難を逃れた日本武尊は、騙した者どもを焼き殺し、滅ぼした。よってその地を焼津《やきつ》と名付け、天叢雲剣は草薙剣と呼ぶ。

駿河を過ぎた一行は、相模の海までたどり着いた。さらに上総《かみつふさ》（房総半島）へ渡ろうと半島（三浦半島）の先端まで進み行く。空は気持ちよく晴れ渡り、海峡を挟んだ向こう岸がはっきりと見える。日本武尊は笑って言った。

「なんと小さい海だ。駆けて跳んでも渡れそうだ」

ところが、船を進めて中ほどまで行ったところで、突然暴風が襲った。船は激しく揺れ始め、目の前に見えている向こう岸に近づくことができない。

「日本武尊様、全く進めません！」

その時、揺れる船の上で弟橘媛が言った。

「日本武尊様、この風、この波は、海神の御心に違いありません」

先ほど神を侮ったので、お怒りなのだ。

「どうか、私を海へ」

「何を言う」

驚く日本武尊の顔を、弟橘媛は見上げる。

「皇子様の御命に代え、私の身を神様に捧げます」

「なぜ……」

「あの炎の中で、私を助けてくださったではありませんか。皇子様は国を背負っていかれる特別なお方。無事に都へお帰りくださいませ」

そして、そのまま海に飛び込もうとする。

日本武尊は、振り向き叫んだ。

「畳を持って来い！　媛にふさわしい、乗り物を作れ！」

急いで集められた畳が波の上に置かれ、媛はその上に飛び降りた。日本武尊の顔を見上げると同時に、敷物ごと波に高く持ち上げられ、続いてそのまま深い海の底へと沈んでいった。

暴風はたちまち止み、穏やかな海面が広がる。日本武尊一行の船は進み、無事に岸につけることができた。この海を名付けて、馳水《はしるみず》という。後の浦賀水道である。

日本武尊は、上総に渡り、それから北上して陸奥国《みちのくのくに》に入る。日本武尊が乗った船には、大きな鏡を掲げた。蝦夷の首長達は軍備を整え、浜辺で待ち構えていた。だが、船団が近づくにつれ、大きな鏡が輝くさまに圧倒され、怖気づき、勝てる気がしなくなってしまった。彼等は弓矢を捨て、拝みながら叫ぶ。

「あなた様の御姿を仰ぎ見れば、普通の人とは思えない。神のようである。お名前を聞かせていただきたい」

日本武尊は答える。

「私は現人神《あらひとかみ》の子だ！」

蝦夷達は畏まり、自らの着物の裾を持ち上げ、波に足を濡らしながら、船を助け岸へと導く。日本武尊は、降伏を申し出た彼等を許し、その首領達を俘虜として従わせた。

こうして蝦夷を平定し、日高見国より帰り、西南の常陸《ひたち》を経て、甲斐国に至り、酒折宮《さかおりのみや》に落ち着いた。後の甲府市酒折の地である。その夜、火を灯しながら、宴を催す。日本武尊は歌う。

新治《にいばり》　筑波を過ぎて　幾夜か寝つる

（新治、筑波を過ぎ、幾夜寝ただろう）

侍従達誰もが答えられなかったが、火を灯す係の者が進み出て歌った。

日日並《かがな》べて　夜には九夜　日には十日を

（日を並べれば　夜では九つ、昼では十日です）

日本武尊は男の賢さを褒め、さらに言った。

「蝦夷の者達は悉《ことごと》く服従した。いまだ従わぬ国は、信濃《しなの》と越《こし》のみ」

それから甲斐国を発ち、武蔵国、上野国《かみつけの》を巡り、一行は碓日坂《うすひのさか》に至る。碓日の嶺、後の碓氷峠《うすい》に登った日本武尊は、東南の方を遠く望み、弟橘媛を偲び嘆いた。

「吾妻よ！」

そして、ここで吉備武彦とは一旦別れる。吉備武彦には、越国に行って地形や人民の従順度を調べるよう命じていた。日本武尊の一行は、そのまま信濃に入る。

信濃は、山高く谷深し。青き山々は果てなく重なる。険しい山道は馬も進めず、人々は杖を使ってようやく登る。日本武尊達は、霧をかき分けながら、幾つもの山を越えて進み続けた。ようやく峰の一つに辿り着いたときには、皆疲れ果てており、山中で食事をとることにした。

その山の神は、一行を苦しめようと、白い鹿の姿で現れた。これは、普通の鹿ではない。異形のものを感じ取った日本武尊は、食べ残していた蒜《ひる》を、その鹿めがけて投げつける。目を直撃された白鹿は、どっと倒れて死んだ。その途端、いきなり道が消える。辺りはすべて同じ景色。抜け出す所もわからない。

「日本武尊様！」

林の中に取り残され、動揺する一行。その時、林の奥から一匹の白い犬が走り出てきた。その犬は、日本武尊の足元で止まり、皇子の顔を見上げてから、くるりと向きを変えて走り出し、少し行った所で振り向いて、また皇子の顔を見つめる。

「お前は、道案内をしてくれるのか」

日本武尊は、座り込む家臣達に声をかける。

「皆の者、立て！　行くぞ！」

その白い犬に導かれ、一行は深い森を抜け、美濃へと出ることができた。越へ行っていた吉備武彦も、美濃で再び加わる。

この信濃坂では、それまで多くの人が神の気に当り病み伏せていた。日本武尊が白鹿を殺してからは、蒜を噛み、その汁を人や牛馬に塗って行けば、神の気に当たらなくなったという。


無事尾張まで戻った日本武尊は、尾張国造《おわりのくにのみやつこ》乎止与命《おとよのみこと》の娘である宮簀媛《みやずひめ》を娶り、そのまま久しく滞在していた。急いで都へ帰ることもできたかもしれない。だが、都に帰る前に契を結んでおきたかった。宮簀媛は、父の寵妃八坂入媛と同じく、かつて「大倭」を率いた一族の末裔なのだ。それに、急いで帰るのは、なぜか気が進まなかった。

尾張滞在中のある日、彼は、近江の伊吹《いぶき》山に荒ぶる神がいると聞いた。

「私が行って、鎮めて来よう」

そう言うと、草薙剣を宮簀媛の家に置いたまま、数名を連れ、武器も持たずに伊吹山へと向かう。日本武尊は軽い気持ちだった。信濃の山の神は、蒜一つで退治したのだ。山の神など、その程度のものだろう。

伊吹山に入った彼の前に、山の神は大蛇《おろち》の姿で現れた。その大蛇が山の神であることを知らず、日本武尊は言った。

「この大蛇は、荒ぶる神の使いに違いない。主の神を退治するのだから、お使いなんぞ構うものか」

そして、その大蛇をまたぎ、先へと急ぐ。侮られた山の神は雲を興し、氷雨を降らせた。峰は霧に包まれ、谷は闇に覆われていく。一行は道を見失い、通った所もわからない。冷たい霧の中を彷徨《さまよ》い、ただひたすら歩き続ける。

なんとか霧から抜け出せたときには、日本武尊の心は混乱し、身体は酔っているようだった。山の麓の泉までたどり着き、ごくごくと水を飲み、ようやく我に返る。よって、この泉を「居醒泉《いさめがい》」と名付ける。

日本武尊は初めて、全身に力が入らないという感覚を知った。なんとか立ち上がり、自分を引きずるようにして尾張まで帰る。草薙剣は宮簀媛の元にあるが、このように弱り切った姿は彼女には見せられない。日本武尊は宮簀媛の家には入らず、伊勢に向かい、途中で長良川河口の尾津《おつ》の浜へ立ち寄った。

かつて、東国に向かって出発した年、尾津の浜で食事をとった。その時、一振りの剣を抜き、松の木の下に置き忘れてきた。あの私の太刀は、どうなっただろう。

見覚えがある浜辺に行くと、変わらぬ松の木が見える。そして、あの時の剣が、あの時と同じ姿で松の根本にあった。

日本武尊の目に涙が溢れた。もう随分遠い昔のことに思える。父上のために戦い、敵を倒してきたのに、父上の御心は私から離れてしまった。

父上が愛しているのは、私ではなく弟。私の母ではなく、弟の母親であるように。戦に出ない弟。穢れのない笑顔をみせる弟。敵の血や恨みで汚れていない美しい弟、稚足彦。

この剣は、変わりなく私を待っていた。誰もいないこの場所で。私の帰りを待っていてくれた。

尾張に　直《ただ》に向かえる　一つ松あわれ　一つ松　人にありせば　衣着せましを　太刀はけましを

（私の剣を守り、私がいた尾張の方を見続けていた松よ。お前が人ならば、衣を着せてやるのに。太刀を持たせてやるのに）

能褒野《のぼの》に至る頃には、皇子の体調はますます悪くなっていた。体中が重く、痛い。全身がこわばり、歩くこともできない。日本武尊は、俘虜にした蝦夷達を伊勢神宮に献上するよう指示し、吉備武彦に天皇への伝言を頼んだ。

吉備武彦は都へ戻り、日本武尊の言葉を天皇に伝える。

「天皇の命を受け、私は遠い東の夷を討ちました。神の恩寵、天皇の神威により、叛く者は従い、荒ぶる神は自ら投降しました。役目を果たし、武装を解いて戻って来たところです。天皇にご報告したいと願っていましたが、私の生命は尽きようとしています。一人荒野《あらの》に臥し、誰にも語ることができません。我が身が滅びることは惜しくありません。ただ、直接お目にかかりご報告申し上げたかった」

拡大した国土を維持し発展させること、それこそが天皇の役目。父上がそう言われたのは、嘘ではない。だから、私も父上を恨まない。このまま命が失われても、父上とこの国を愛し続ける。

愛《は》しきよし　我家《わぎえ》の方《かた》ゆ　雲居《くもい》立ち来《く》も
倭《やまと》は　国のまほらま　畳《たたな》づく青垣　山籠《こも》れる　倭し麗し
命の全《まそ》けむ人は　畳薦《たたみこも》　平群《へぐり》の山の白橿《しらかし》が枝《え》を　髻華《うず》に挿《さ》せ　此の子

そして、野褒野で崩御された。

吉備武彦の伝言を聞き、天皇は目を閉じた。かつて、統一倭国の安泰と、皇子誕生を天神地祇に祈った。そして授かった我が子、小碓よ。戦うために生まれてきた、日本武尊よ。神が遣わされた戦の神は、天に帰ってしまったのか。「小碓は、かけがえのない皇子であった。昔、熊襲を征伐したときには、まだ子供だった。東の夷が叛き、討伐に行く者がなかったときも、私を助けてくれた。これからは、誰が私を補ってくれるのか」

そして天皇は詔《みことのり》を出し、日本武尊を伊勢国の能褒野《のぼの》陵《みささぎ》に葬らせた。

それから間もなくのことだ。一羽の白鳥が能褒野陵から飛び立ち、大和の方へ向かったと知らせが入った。白鳥は日本武尊様ではないか、と。

知らせを受けた群臣達が能褒野に集まり、棺《ひつぎ》を開いてみる。すると、日本武尊の遺体はなく、衣だけが残っている。

「白鳥は、皇子様だ。探せ！」

使者を遣わして探し求めると、白鳥は倭の琴弾原《ことひきのはら》、後の御所《ごせ》市辺りで羽を休めている。そこで、その地に陵を作ったが、また白鳥は飛び立っていく。次に見つかったのは、河内の古市《ふるいち》。後の羽曳野《はびきの》市辺り。その地にも陵を作る。

その後、白鳥は天高く飛び立ち、ついに空の彼方へと消えていった。人々は、三つの陵を白鳥陵と名付け、日本武尊の衣と冠を納めた。そして、日本武尊の名を遺すため、武部《たけるべ》を定めた。

新年、天皇は国家安泰を祝し、家臣達を慰労する大宴会を催した。その宴は、数日におよぶ。会場からは、酒や料理の匂いが溢れ、酌をする女や武人達の大きな笑い声が響いた。

成人した武内宿禰は、生真面目な顔で末席に座っている。このような時こそ、何が起こるかわからない。よく目を光らせていなければ。それにしても、稚足彦様の姿が見えない。どこに行かれたのか。

その時、背後から声がした。

「武内宿禰、来いよ」

振り向くと、稚足彦が手招きしている。

「お父上の宴会に出なくて、よろしいのですか」

「かまわぬ」

稚足彦は美しい顔で微笑んだ。

「こういう時こそ用心しなければ。お前もそう思って、あえて末席に座って警戒しているのだろう？」

心の中を見透かされ、武内宿禰の愛嬌のない顔が赤くなる
「警戒するなら、一緒に外へ行こう。門の辺りが手薄になっている」

「かしこまりました」

外の空気は清らかで、冷たく心地よい。稚足彦が言う通り、門番も宴会に行っており、出入り口を警備する者は誰もいなかった。

「私とお前は、考えることが一緒だな」

空を見上げながら、稚足彦が言う。

「私とお前は同じ魂を分け合っている。だから、同じ日に生まれたのだ」

戸惑う武内宿禰に、稚足彦は続ける。

「私は、強い国、民が憩える国を作りたい。武力だけに頼れば、いつかもっと強い者に倒される。強いと言われた兄上、日本武尊も亡くなられた。永遠に勝者でいることはできないのだ。おびえて武力を増強し続ければ、民が疲弊する。必要なのは、仕組を作ることだ。私は、それをやりたい」

稚足彦は、武内宿禰の目を見つめた。

「一緒にやろう」

そして、彼の手を取る。

「お前がいてくれれば怖いものなどない。なんでもできそうだ」

慌てて引き抜こうとする手を、稚足彦はしっかりと握った。

「我等は、二人とも天皇の血を受けている。恐れるな」

戻ってきた二人を、天皇は問い詰めた。

「どこへ行っていた。なぜ、宴に来なかった」

稚足彦は、優雅に腰を低くする。

「皆が宴に集まれば、警備は手薄になります。私は武内宿禰とともに、出入り口を見張っていました」

稚足彦には、女性のようなたおやかさがある。理知的でありながら華やかで優雅な空気を醸《かも》し出す。天皇は、微笑む。

「それは理に適っている。殊勝なことだ」

その年の八月、天皇は稚足彦を新たな皇太子とし、武内宿禰を大臣にした。

日本武尊は、もういない。彼の息子達はまだ子供。それでも、その判断を受け入れられない人々がいる。日本武尊を支持してきた人々は、激しく反発している。

「なぜ、彼が皇太子なのだ！　皇后の子でもないくせに！」

日本武尊により伊勢神宮に送られた蝦夷達は、昼夜大声で騒ぎ、無作法に出入りする。注意したところで、改まる気配はない。神宮を守る倭姫は、我慢の限界だ。

「彼等を神宮に近づけてはなりません」

そう天皇に申し上げ、蝦夷達は三輪山の辺《ほとり》に移された。すると今度は、神の山である三輪山の樹木を切り倒し、近隣に響き渡るほどの大声で叫び、人民を脅かす。報告を受けた天皇は、群臣達に詔を出した。

「蝦夷達は、都の近くでは暮らせまい。山野に馴染む彼等に相応《ふさわ》しい場所へ移せ」

このとき移された蝦夷達が、播磨・讃岐・伊予・安芸・阿波の五か国の佐伯部《さえきべ》の祖となる。

平穏無事に過ぎていく毎日。だが、皇后稲日大郎姫は、病の床にあった。

大碓は妻子を連れて美濃へ行ってしまった。話相手になってくれていた大碓。父親の妃候補を奪っていたとは。命を奪われなかっただけでも良かったと思うしかない。小碓は、父親と国のために遠征に行き、命を落としてしまった。

その天皇は、多くの妻を得、多くの子供を全国各地に散らばせている。そのようなやり方は、昔からあった。けれど、耐えられないのは、特別な寵愛を受けている妃がいること。八坂入媛。物を見るように女達を見る夫が、愛おし気な表情を見せる、ただ一人の相手。少し照れたような顔、愛情に満ちた微笑み。

私はそのような目で見られたことがない。ただの一度も。私の息子達も。

私も、あのように美しく、花のように柔らかく輝いていられたらよかったのに。そうしたら、天皇様も私を愛してくれたのだろうか。

大碓よ、幸せに。小碓の魂よ、どうか安らかに。

翌年五月、皇后播磨稲日大郎姫は逝去した。


七月、天皇は八坂入媛を新たな皇后にする。稚足彦の母親が皇后になり、日本武尊に繋がる人々の無念の思いは、強まる一方だ。


翌年八月、彼等の気持ちをなだめるため、天皇は日本武尊を偲ぶ旅に出る。伊勢から東海へと回り、十月には上総国《かみつふさ》（房総半島）に至る。十二月には戻って、伊勢の綺宮《かにはたのみや》へ入り、その翌年の九月に、伊勢から大和の纏向《まきむく》宮へ帰った。

巡幸を終えた天皇は、東国を彦狭嶋《ひこさしま》王に任せることにした。彼は、かつて東国を治め、民から慕われていた豊城入彦《とよきいりひこ》の孫。東に向かった彦狭嶋が途中の春日で病死すると、東国の民は悲しみ、彼の遺体を上野国《かみつけの》まで運んで埋葬した。

さらに翌年、彦狭嶋の子、御諸別《みもろわけ》が東国に派遣された。彼は、父の志を遂げようと努め、良政を行う。投降する蝦夷は許し、逆らう者達のみ討つ。御諸別の子孫はそのまま東国に留まり、その地を治めた。

「父上、武力が必要な時もあります。ただ、武力に頼ると、いつか武力で叛乱がおきます。必要なのは、新しい仕組み、人々が豊かになる知恵だと思います」

稚足彦の言葉に、天皇は頷く。

「お前が思うように、やってみよ」

纏向宮の近くに坂手池を造り、堤の上に竹を植える。諸国に命じ、田部屯倉《たべのみやけ》を建てる。

日本武尊信奉者達の反感は、一向に鎮まらない。稚足彦の身を案じた天皇は、稚足彦を伴い近江国へ行き、志賀の高穴穂宮《たかあなほのみや》に滞在した。琵琶湖の畔、後に大津と呼ばれる場所である。

三年近く滞在した後、天皇は高穴穂宮で逝去した。

二　稚足彦天皇《わかたらしひこのすめらみこと》（第十三代　成務天皇《せいむてんのう》）

西暦三五〇年一月、志賀の高穴穂宮で、稚足彦天皇（第十三代　成務天皇）が即位した。大臣は、同日生まれの武内宿禰。

日本武尊ゆかりの人々は、相変わらず納得できないでいる。本当ならば、即位するのは日本武尊様。皇后の子として生まれ、皇太子となり、この国のために生命を賭して貢献した英雄。彼の代わりに天皇の位を継ぐのは、彼の息子のはずだろう。

「そんなに怖い顔をするな」

周りは敵だらけだ、そう考えていた武内宿禰に、稚足彦天皇が声をかける。

「父上は、聡明にして戦にも優れていた。天の意を受けて人々を治め、賊を祓い国を鎮めた。しかし、荒ぶる者達は、今もなお密かに蠢《うごめ》き続けている。武内宿禰、なぜだと思う」

不愛想な武内宿禰の顔に、さらに力が入る。

「もっと力をつけよ、神が我等にそう言われているのです」

「お前らしいな」

そう言って、天皇は微笑む。

「だがこれは、仕組みの問題だ」

「仕組みですか?」

「そうだ。国土が広がったにもかかわらず、国や郡《こおり》に長となる者がおらず、県《あがた》や邑《むら》に人々をまとめる者がいない。だから、目が届かないのだ。今後、国と郡に長を置き、県と邑には首領を置く。各地の人格者を集め、その地の首長につけよ。これが、この国の中枢を守る組織になるだろう」

それから天皇の命により、山や川を基準に国や県の境界を定めた。人々が暮らす平地では縦横碁盤目の道に従い、邑や里を定めた。その国や郡には造長《みやつこおさ》を置き、県や邑に稲置《いなき》を置く。造長や稲置に就任した者達には、任命の証として盾と矛を授けた。さらに、東西を「日縦《ひのたたし》」、南北を「日横《ひのよこし》」と呼び、山の南面は「影面《かげとも》」、北面は「背面《そとも》」と称する。

こうして制度を整えていくと、確かに治政は安定し、百姓達も落ち着いて住みつくようになった。

「さすがは、稚足彦様」

そう賞賛する人々もいて、武内宿禰は内心誇らしい。だが、その一方で、日本武尊の妻子に繋がる者達の不満は、爆発寸前。今や隠そうともしていない。天皇の生命を守るためにも、彼等に対抗できる、より強固な基盤が必要に思えた。

ある日、武内宿禰は思い切って切り出した。

「天皇様、皇后様には、どなたをお考えですか？」

小首をかしげる天皇。彼には弟財郎女《おとたからのいらつめ》という即位前からの妻があり、和訶奴氣王《わかぬけ》という息子もいる。その弟財郎女は、穂積氏忍山宿禰《おしやまのすくね》の娘だ。

武内宿禰は言葉を重ねる。

「弟財郎女様は立派なお方。しかし、この大国を率いるには、新たな皇后様が必要ではないでしょうか。他国の使者を圧倒するような、強い輝きを放つ方が」

「誰か心当たりでもあるのか？」

天皇の問いかけに、武内宿禰は頷く。

「気長宿禰《おきながのすくね》王の姫君です。まだ幼いながら極めて美しく聡明で、実の親である父君が畏まるほどとか」

気長宿禰王とは、彦坐《ひこいます》王の孫。すなわち、稚日本根子彦大日日《わかやまとねこひこおおひひ》天皇（第九代 開化天皇）の曾孫にあたる。

「姫君の母親は、忠臣田道間守《たじまもり》の姪。この田道間守の一族は、新羅《しらぎ》の王子である天日《あめのひ》槍《ほこ》殿の末裔と言われています」

「確かに彼等はそう言っている」

武内宿禰は、身を乗り出した。

「新羅国の二代目、南解次次雄《ナメ・ススング》王は、息子の朴《パク》氏と娘婿の昔《ソク》氏の血筋で交互に年長者が王を務めよと遺言しました」

　その顔は、怖いほど真剣だ。

「新羅国の四代目、昔《ソク》氏の昔脱解《ソクタレ》王は、丹波国王と女王国の王女を両親に持つ倭人。彼の死後百年以上、倭人の血筋は国王になれなかった。丹波を目指した天日槍殿は、昔脱解《ソクタレ》王の末裔なのでは」

「天皇家と新羅王家の血をひく姫君か……」

「その後、昔氏が王位を奪還し、現在に至っています。さらなる大国を目指すならば、これほど皇后にふさわしい姫君はおりません」

　稚足彦天皇は、黙って武内宿禰の顔を見ていたが、ふっと表情を緩めて笑った。

「夢のような話だ。だが、お前が言うと、本当に叶いそうな気がするから不思議だ」

「稚足彦様」

「良いと思う通りにしてみよ。お前を信じる」

　無条件の信頼に胸が熱くなり、武内宿禰は思わず口ごもる。

「ただ、その姫君はまだ若く、皇后にお迎えするには数年待たねばなりません」

「構わぬ。お前に任せる」

そして、穏やかな優しい声で続けた。

「お前は私の半身。武内宿禰、いつも頼りにしている」


気長宿禰王は、武内宿禰の話を聞いても驚かなかった。

自分の娘でありながら、畏《かしこ》まるほどの気高い美しさと聡明さ。日本武尊殿が即位された暁には、皇后に迎えられるのではと思ったりもした。今、若く美しい稚足彦天皇の皇后に、との申し出を受け、そういうことだったのか、と妙に納得している。

その姫君は、武骨な男の無遠慮な視線にも動じず、平然と見返している。

「いた！　ここにいらした！　間違いない！」

武内宿禰は心の中で何度も叫ぶ。稚足彦天皇に最もふさわしい姫君。他国に誇れる皇后。美しく輝くお似合いの二人が、新しい大国の象徴になる。

目を奪われ続けている彼に、父親の気長宿禰王は声をかけた。

「娘ももうすぐ婚姻できる年頃になります。少しだけお待ちくださるよう、天皇様にお伝えください」

都へ帰る武内宿禰の胸は、喜びに満ち溢れている。

だが、その姫君を皇后に迎えることはできなかった。

彼女の成長を待っている間に、天皇は病に侵されてしまった。

「天皇様、しっかりしてください」

考えられるすべての方法を使い、武内宿禰は薬を探し続けた。だが、どんな薬も効かない。天皇は、日に日に衰えていく。

日本武尊の信奉者達は、喜びを隠そうともしない。調子に乗るから罰が当たった。そう公言する者さえいる。止めようとしても止められない、心無い言葉の数々。彼等の恨みが毒矢の束になり、天皇の心身に傷を負わせる。武内宿禰には、そう思えた。

「奴等を絶対に許しません」

鬼の顔で唸る武内宿禰を、青白い顔の天皇がなだめる。

「もうよい。恨むな」

その弱々しい声。

三五五年、乙卯《きのとう》の年六月十一日。

眠り続けていた稚足彦天皇は、ふっと目を覚ました。傍らで見守る武内宿禰に気づき、ゆっくりと口を開く。

「変わっていくこの国を見たかった。この国を作っていきたかった。残念だ」

骨格が見える程やせ細り血の気も失われた姿。それでも、青白い皮膚をまとった顔は透き通るように美しい。武内宿禰の両目から、ぽろぽろと涙が零れる。天皇は、微笑んだ。

「お前も泣いたりするのだな」

「稚足彦様……」

「弟を頼む。母上と五百城入彦《いおきいりひこ》を守っておくれ」

涙が溢れ続ける武内宿禰の目を見つめながら、稚足彦天皇は言った。

「気長宿禰王の姫君は、どんな方だったろう。新しい国家を、素晴らしい国家を、お前と一緒に育ててみたかった。仕方がない。きっとこれが私の運命」

十年にも満たない、あまりにも短い治政。彼が進めようとしていたことは、国家として重要なことだった。だが早すぎ、また時間がなさすぎた。壮大な理想を胸に、本格的な治世を成しえぬまま、稚足彦天皇はこの世を去った。

三　足仲彦天皇《たらしなかつひこのすめらみこと》（第十四代　仲哀天皇《ちゅうあいてんのう》）

三五五年、乙卯の年一月。

稚足彦天皇が病の床にある中、即位を宣言した男がいる。三十歳を超えたばかりで、背が高く華やかな面立ち。自信と気概に満ち溢れる男、足仲彦天皇（第十四代　仲哀天皇）である。

彼の父親は、皇太子のまま逝去した日本武尊。母親は、活目《いくめ》入彦《いりひこ》五十《い》狭茅《さち》天皇（第十一代　垂仁《すいにん》天皇）と苅幡戸辺《かりはたとべ》の娘、両道入姫《ふたじいりひめ》。妻の大中《おおなかつ》姫は、大足彦天皇（第十二代　景行天皇）とその皇后の妹播磨稲日若郎姫《わかいらつめ》の孫娘。幼い息子達は、麛坂《かごさか》王と忍熊王《おしくま》という。

六月に逝去した稚足彦天皇は、九月に葬られた。その陵は、狭城盾列《さきのたたなみ》の中、祖母日《ひ》葉酢媛《ばすひめ》陵の傍。足仲彦天皇は言う。

「遺骸があるだけ幸せだ。父上は、白鳥になって天に昇られた。三つも陵がありながら、御身体はどこにもない。この悔しさは、どうしたら癒せるのか」

そして十一月、詔を出した。

「諸国に命じて白鳥を集めよ。父上の陵の濠に放ち、思慕の情を慰めたい」

すぐに四羽を集めた越国は、真っ先に献上しようと、白鳥を納めた鳥籠を台車に載せ、都へと送り出す。その白鳥を運ぶ一行が、宇治川近くで休んでいると、一人の若者が声をかけた。

「この白鳥は、どこへ持って行く」

若者の後ろには、従者らしき数名の男達がいる。

「父王様を恋い慕われる天皇様に献上しに行くところです」

そう丁重に答えると、若者の手が鳥籠へと延びた。

「何をなさいます！」

慌てて止めようとする越の使者。

「私も日本武尊の息子だ。この鳥は私がもらう」

彼の名は、蘆髪蒲見別《あしかみのかまみわけ》。天皇の異母弟。自分だけが日本武尊の息子であるように振る舞う兄が、以前より我慢ならない。供の者達に指図して強引に白鳥を奪う。

「父上は英雄！　これはただの鳥。白鳥も焼けば黒鳥だ！」

白鳥を奪われた越の使者は、すぐさま天皇に報告した。天皇は、父王に無礼を働いたたとして兵を送り、蘆髪蒲見別を誅殺した。

父は天、兄は君。天を侮り君に逆らえば、成敗されるのは当然。だが、一族の中からは、白鳥四羽のために弟を殺した天皇を責める声も聞こえてくる。

ああ、面倒くさい！

「わかった。もうお前達には頼らぬ。皇后も別に探す」

「いきなり何を言われます！」

天皇の言葉に狼狽する、妃の一族。

「大中姫様がおられるではありませんか。麛坂王と忍熊王もおられる」

足仲彦天皇は、平然と言い返した。

「今の私は、天皇だ。皇后にふさわしい女性を得て何が悪い」


足仲彦天皇に呼び出され、武内宿禰は天皇の元へと向かっている。稚足彦天皇の病を利用し、早々に即位を宣言した男。日本武尊の息子にして熱烈な信奉者。白鳥集めまで命じたと聞く。稚足彦天皇の側近だった私に、今更何の用なのか。

警戒心の塊となって現れた武内宿禰に、天皇はさらりと命じた。

「気長宿禰王の娘を皇后にする。お前が話をまとめよ」

驚きのあまり、武内宿禰は言葉が出ない。若き天皇は笑いながら言った。

「皇后に最もふさわしい姫君なのだろう？　私の皇后にしてやる」


武内宿禰が持ってきた新たな縁談にも、気長宿禰王は驚かなかった。新天皇は、あの日本武尊の息子。堂々たる美丈夫とも聞いている。娘も結婚できる年齢になった。すべてが好都合。なんの問題もない。

そして翌年一月十一日、天皇は気長宿禰王の娘を皇后に迎えた。

それからひと月もたたぬ頃、武内宿禰は再び天皇に呼び出される。

「月が替われば、角鹿《つぬが》（敦賀）へ行く。お前も同行せよ」

またしても唐突な命令。言葉の不意打ち。

「皇后様を迎えたばかりですのに……」

言葉を選びながら続けようとする武内宿禰を、天皇は遮る。

「もちろん皇后も連れて行く。都を離れ、二人で楽しむのだ」

二月六日、武内宿禰は自らの家臣を伴い、天皇皇后に従って角鹿に到着した。ここ角鹿は、北廻り海路の重要な港の一つ。皇后の父、気長宿禰王や多くの有力者が拠点を置く琵琶湖東岸から、北の海へ抜けた所。驚いたことに、既に仮宮が完成し、笥飯《けひの》宮《みや》と名付けられていた。

この笥飯宮に滞在しながら天皇は、越や丹波、但馬の有力者達を次々に呼び出し、積極的に交流を重ねていく。その様子を間近で見ながら、武内宿禰は内心戸惑っていた。自信過剰で衝動的、思い立つとすぐに突っ走る。天皇は、そういう人物だと思っていた。意外にも、結構緻密に計算していたりするのか。

主だった有力者達との面会が一巡すると、天皇は武内宿禰に命じた。

「次は南だ。紀伊国《きのくに》へ行きたい。何か口実を考えよ」

天皇のやり方にも慣れてきた。突飛な言動の背後には、必ず目的がある。紀伊国へ行く真の目的は、おそらく人脈を築くこと。紀伊国は、武内宿禰の母方が統治する国。様子は、よく知っている。

突然の命令にも顔色一つ変えず、武内宿禰は生真面目に答える。

「淡路には鳥も獣も多くおります。屯倉《みやけ》を定め、狩猟を口実に行かれては」

天皇は、にやりと笑った。

「さすがは武内宿禰。よい考えだ」

屯倉とは、国の直轄地。この月、淡路の屯倉を定める。

三月十五日、数百人の従者を伴い、天皇は南の紀伊国へと出発した。発案者である武内宿禰は同行していない。出発の準備をしていた彼に、天皇は命じた。

「皇后は角鹿に残す。お前は角鹿に残り、皇后に仕えよ」

地元の紀伊国には同行させず、天皇不在の地に皇后と残す。自分は、信用されているのか、いないのか。武内宿禰は、問わずにはいられない。

「私でよろしいのですか」

「安心せよ。稚足彦に対するお前の思いは知っている。だが、他に皇后を託せる者がいるか？」

返答に窮する武内宿禰の困惑顔に、笑いながら天皇は続ける。

「皇后は良い。大騒ぎしない。物怖じしない。私を責めないし、卑屈にもならない。一緒にいて気が楽。お前の見立て通り、最高の皇后だ」

どこまで本気なのかは、わからない。

天皇一行はそのまま紀伊国に至り、徳勒津宮《ところつのみや》に滞在する。後の和歌山市辺り。有力者達を誘っては、船で淡路島に渡り、狩りを楽しむ。そのような生活を続けている天皇の元へ、都から知らせが届いた。

「天皇様、熊襲からの朝貢が途絶えています」

「何！」

祖父殿が抑え、父上が倒した熊襲。この私を見くびっているのか！

天皇は、すぐさま命令を出す。

「熊襲を討つ！　支度《したく》せよ！」

そして、角鹿に使いを送る。

「皇后は、武内宿禰を従え角鹿から海路で出発せよ。穴門《あなと》（下関）で会おう」

今度は、いきなり穴門とは！　なんと慌ただしい天皇だろう。武内宿禰は半ばあきれつつ、出発の手配を急ぐ。そして、当座の水と食料、身の回りの物を船に乗せると、皇后や側近達と共に角鹿を出航した。

船に乗ってしまえば、あとは潮と風、そして航海に長けた海の男達の腕に委ねるのみ。ただひたすら波に揺られながら、武内宿禰は天皇の真意について考える。

まず、熊襲の動向に過剰に反応した理由、それは明らかだ。大足彦天皇と日本武尊の熊襲征伐という因縁があるからだ。

次に、筑紫ではなく穴門へ行く理由。それは恐らく、筑紫にはまだ、天皇が信頼を寄せられる人物がいないから。穴門には、穴門直践立《あなとのあたいほむたち》がいる。彼は、名家である御《み》上祝《かみのほふり》の血筋で、大足彦天皇から穴門国造を賜った速都鳥《はやつどり》の孫。海上交易にも縁が深い。

そして、皇后を角鹿に残し、北回りの海路を指示した理由。これも、よく考えれば明らかだ。角鹿へ移ったのは、皇后を大中姫の一族から離し、父親の地盤に近い場所に置くため。北回り海路を使わせたのも、南の瀬戸内海路を通れば、大中姫の一族が支配する播磨を通ることになるから。天皇は、皇后を守っているのか。

その皇后は、甲板で海風と明るい陽射しを浴びている。白く輝く絹のように、きり

り と清らかで美しい。見知らぬ土地へ行くというのに、臆する気配もない。稚足彦を失い、すべてを諦めかけていた自分が、一番恨んだ足仲彦に仕え、彼の皇后の側近として生きている。この不思議な縁は、どこに繋がっているのか。

角鹿を出た船は若狭の渟田《ぬた》港に停泊し、皇后達は船上で食事を始めた。皇后の船は、いつの間にか鯛の群れに囲まれている。海中を泳ぐ群れに気づいた皇后は、船上から酒を降り注ぐ。すると、ぱくぱくぱく口をあけながら、鯛が次々浮きあがってくる。

あはははは。

その様子に彼女は大笑い。港の人々は慌てて集まり、浮いている鯛を掬い取っていく。素手で捕まえる者もいる。皆大喜びで、船上の皇后に感謝する。

「聖王が鯛を下さった！」

この地で六月に鯛が水面に集まり、ぱくぱくと口を出すのは、それからだ。

七月五日、皇后を乗せた船は豊浦津《とゆらのつ》に到着し、先に到着していた天皇一行と合流した。この日、海中から美しい石、如意珠《にょいのたま》を得る。天皇は、この地に宮を作ることを決めた。

九月に豊浦宮《とゆらのみや》が完成すると。天皇は武内宿禰に命じる。

「筑紫の有力者に熊襲征伐を呼びかけよ」

武内宿禰は筑紫に使いを送るが、手ごたえはない。彼等は歯向かうわけではなく、ただ態度を明確にしないのだ。地元で暮らす穴門直践立《あなとのあたいほむたち》ならば、事情がわかるかもしれない。武内宿禰は、率直に問うてみた。

「新しい物好きの彼等にとって、熊襲との争いはもはや過去の物なのでしょう」

践立は、慎重に言葉を選ぶ。

「今の流行りは、海を渡って韓の地へ行き、珍しい物や鉄を手に入れること。血気盛んな男達は新羅まで攻め入り、勝ったり負けたりの小競り合いを繰り返しています」

「熊襲征伐に協力する余裕はない、ということか」

「そこまでは言いません。ただ、彼等の目は南ではなく北に向いている。さらに昨今では、逆に新羅と通じて力を持つ者もいて、気が抜けない。塵輪《じんりん》という者は特に強く、神出鬼没。新羅を攻めようとする者達を襲撃し、皆に恐れられています」

そういう事情だったのか。考え込む武内宿禰に践立は言った。

「油断は禁物。塵輪は危険です。どうかお気をつけください」


豊浦宮の背後は緩やかな山。その山を越えれば、北側の海に出る。宮の目の前は、瀬戸内側の穏やかな海。砂浜が広がり、穏やかな波が寄せては引く。凪のときには波も消え、どこまでも滑らかな湖のようだ。その海の向こうには、なだらかな筑紫の山々が見える。

そのような平和な風景も、天皇の意志を変えることはない。新羅や塵輪についての報告も、天皇を動かすことはなかった。熊襲征伐を企てては、勝敗がつかず引き上げる。その繰り返しの中で、数年が経過していく。

「祖父殿と父上の功績を守るため、必ず熊襲を倒す。この地へ来たのは、そのためだ。筑紫への協力要請はどうなっている。お前はお前のなすべきことをせよ」

天皇に責められ、武内宿禰は、筑紫の有力者達に対する熊襲征伐への協力要請も続けている。

そんなある日、夜明け間近の豊浦宮。ばたばたと響く足音で天皇は目を覚ました。薄明りの中、側近が寝所に駆け込んでくる。

「大変です！　敵が目の前に！」

「熊襲か！」

「違います！　塵輪です！」

昨夜は、新月。夜が明け始めたときには、宮の前の浜辺は多くの戦船《いくさぶね》で埋め尽くされていた。その船の群れから今、武器を持った男達が続々と下りて来ている。

「いつの間に！」

豊浦宮は今まで攻められたことがない。戦らしい戦は初めてだ。要領を得ないまま必死に抗戦するが、次第に押し込まれていく。宮の門も破られそうだ。

「天皇様、表門はもう持ちません！　早く裏門へ！」

「山を越えれば、北の海に出られます!」

「我等がとどめている間に、早くお逃げください!」

兵士達の声。武内宿禰は皇后を守っている。天皇の頭に血が上る。

天皇は、弓矢をつかみ部屋を飛び出した。

「何を言うか! 私の父は、日本武尊! 誰が逃げるか!」

そして、たわみ始めた表門に向かってぎりりと弓を引き絞る。ばん、と扉がはじけ飛び、目の前に現れた大男。天皇に気づき、長い太刀を振りかざす。

「天誅!」

天皇が放った矢は、どすっと鈍い音を立て大男の胸を貫いた。

「塵輪、成敗!」

皇軍から歓喜の声が沸き上がる。

「塵輪、敗れたり!」

兵士達の声が、塵輪の敗死を次々に伝えていく。伝言は歓喜の波に変わり、塵輪軍の男達は戦意喪失。慌てて船に駆け戻り、岸から離れて行く。

天皇は弓を投げ捨て、太刀を取り、塵輪の傍へと走り寄る。

「やったぁ！　やったぁ！」

そして首を切り落とされた塵輪の周りを、剣を掲げて踊り回った。我こそは、日本武尊の息子、大足彦天皇の孫。どうだ、恐れ入ったか！

筑紫にいた塵輪が、なぜ突然、海峡を越えて襲ってきたのか。新羅に関心がない天皇を襲って、何の利益がある。真相は不明だったが、潮目は変わった。筑紫の有力者達の態度が急変したのだ。彼等は、塵輪を成敗した天皇を、自分たちの大王として迎え入れた。


在位八年一月四日、天皇は筑紫への行幸に出る。出迎えたのは、岡県主《おかのあがたぬし》の熊鰐《わに》。その船の舳先には、枝葉や根を落とさぬ榊が立てられ、その榊の枝には鏡と剣と勾玉が縦に並べて掛けられている。彼は申し出た。

「穴門から向津《むかつ》の大済《おおわたり》に至るまでを東の門とし、名籠屋《なごや》の大済を西の門とします。没《もと》利《り》嶋・阿閉《あへ》嶋辺りを生け簀、柴嶋を調理場とみなして、逆見《さかみ》の塩を献上します」

後に洞海湾《どうかい》と呼ばれる「洞《くき》の海」は、北九州市戸畑区名古屋岬から遠賀《おんが》川まで続く浅い内海で、若松区辺りは島だった。岡県主とは、「岡の水門《みなと》」がある遠賀川下流を統治する者。その熊鰐は、こう申し出たのだ。

関門海峡から長門市向津具《むかつく》に至るまでの海岸を東の上陸地とし、「洞の海」入口の名古屋岬を西の出入口とします。名古屋岬の目の前に浮かぶ六連《むつれ》島と藍《あい》島辺りを天皇のための好漁場とし、「洞の海」にある二島《ふたじま》の一つを調理場とみなして、近くの逆見塩田で取れる塩を献上します。

そして熊鰐は、天皇の船を先導して北の外海を通る海路を進み、山鹿岬（芦屋市山鹿）を回り込んで遠賀川河口から岡の水門に入る。そこまで来たところで、天皇の船は進まなくなった。

「なぜ止まる！　お前は清らかな忠義心から参上したと言ったではないか！」

天皇に厳しく詰問され、熊鰐は畏まる。

「御船が進まないのは、私の罪ではありません。この浦の入り口のところに、二人の神がおられます。大倉主という男神と、菟夫羅《つぶら》媛という女神です。おそらくこの神々の御心かと」

天皇は二人の神に船を通してくれるよう願い、船頭を務める伊賀彦を祝《はふり》として祀らせた。すると、船も進み始め、熊鰐も安堵する。

皇后一行は天皇とは別の船に乗り、名古屋岬から内海である洞の海に入っていた。ところが、岡の水門に着く前に潮が引き始め、皇后の船も進めなくなる。皇后を迎えに戻った熊鰐は、こちらも立ち往生していることに気づき、顔を引きつらせる。

「皇后様！」

彼は精一杯朗らかな声で叫んだ。船上から見下ろす、皇后の険しい顔。

「これから、この地の魚と鳥をお目にかけます。どうぞお楽しみください！」

そして、水鳥と魚を急いで集めさせ、潮が引いた後の溜水に放つ。魚が飛び跳ね、水鳥が魚を追ってついばむ。その様子を眺めるうち、皇后の表情も和らぐ。やがて潮も満ち始め、皇后の船もゆっくりと浮き上がった。

「潮も満ちて参りました。御船を進めましょう」

「行け！」

進み始めた船は、そのまま洞の海から岡の水門へと抜ける。合流した天皇皇后一行は、岡の水門で停泊した。

岡の水門からは、伊都《いと》の県主の祖である五十迹手《いとて》が、先導を務める。彼は、天皇の筑紫行幸を知り、引嶋《ひこしま》（下関市彦島）まで船で出迎えに参上していた。その船の舳先にも榊が立てられ、天皇の盛栄を祈る鏡と剣と勾玉が掛けられている。

一月二十一日、一行は儺県《ながあがた》（福岡県福岡市付近）に至り、橿日《かしひ》の宮（福岡市東区香椎）に滞在することになった。

九月五日、橿日の宮。群臣達を集めた天皇は、宿願の熊襲征伐について討議させている。すると突然、神が皇后に降りて、彼女の口を借りて語り始めた。

「天皇よ、なぜ熊襲が服従しないことばかり憂う。兵を挙げて討つ意味が、熊襲にあろうか。熊襲に勝り、宝物に満ち、海に臨《のぞ》む国があるではないか。新羅という国だ。私をよく祀れば、刃《やいば》を血で汚さずとも、その国は必ず自ら服従する。そして、熊襲も従う。天皇の御船と、穴門直践立が献上する水田を、我に奉納せよ」

若く美しい皇后の凛とした声が響き渡る。集まった群臣達は驚き、言葉も出ない。すぐに反応したのは、天皇だった。皇后に向きあい、反論する。

「私は何度も海を見渡したが、国など見えなかった。海に臨む国とは、どこですか？大空の中とでも？　私を騙そうとしているのは、どこの神ですか。我が皇祖も歴代天皇も皆、天神地祇を祝い祀ってきた。祝うべき神が、まだ残っていますか」

神は再び皇后に神がかりして告げる。

「はっきりと私の目に映る国を、何故信じず誹謗《ひぼう》する。この国は、そなたには与えぬ。皇后は、男子を孕《はら》む。その子ならば、得られるかもしれぬ」

武内宿禰は、震え始めた身体を隠そうと、拳を握りしめた。「新羅」という皇后の声を聞いたときから、彼の心臓は強く早く打ち続け、鎮めることができない。

皇后は男子を産み、その子は新羅を得るかもしれない。今、そう神は言われた。そういうことだったのか！　稚足彦天皇の大臣を務めた私が、この皇后に仕えているのも。新羅と繋がる塵輪が、豊浦宮を襲ったのも。すべては運命。

天皇は神の言葉を信じようとせず、熊襲征伐の討議を続けさせる。人々の心に動揺を残したまま、会合は終わった。


即位九年二月六日、夜明け前。

「武内宿禰、起きよ」

囁く声に目を覚ますと、皇后が傍にいる。武内宿禰は、驚いて身を起こした。

「皇后様、どうされました」

「来てくれ。天皇様が亡くなっているようだ」

急いで見に行くと、確かに天皇は身動き一つしない。

「昨夜、気分が悪いと言われていた」

天皇の傍に膝をつく武内宿禰の背後から夫を見下ろす皇后の声は震えている。

「都に知らせなければ」

「いいえ、皇后様」

　天皇の死を確認した武内宿禰は、皇后を見上げる。

「まだ知られてはなりません。都には、皇后様を良く思わぬ者達もいます。都から兵が送られるかもしれない。まずは、態勢を調えなければ」

「態勢とはなんだ」

「天皇様は、神の言葉を信じず亡くなった。我等が生き残るには、神が我等の側にあると信じ、周囲の者達にも信じさせるしかありません。」

　武内宿禰の頭は、懸命に働き続ける。

「我等は神の言葉に従い、新羅に向かいましょう。新羅から無事に戻り、皇子様が誕生すれば、それが確かな神のご意志。天皇様の崩御を明かし、堂々と都へ凱旋できます。それまで、天皇様の崩御は隠しましょう」

　皇后は少し考えている。このような緊急事態の中でも冷静に判断しようとしているのだ。その姿を誇らしく思いながら、武内宿禰は皇后の決断を待つ。

「わかった。確かに他に道はなさそうだ。お前を信じる」

そして、皇后が次に続けた言葉に、武内宿禰は激しく動揺する。

「事が成就した暁には、お前が望むものを与える。お前は何が望みだ」

突然の展開。密かに抱き続けてきた希望を、神は聞いてくださるのか！

「先の稚足彦天皇の弟君、五百城入彦《いおきいりひこ》様は、大倭を率いた尾張本家の姫君を娶りました。宮簀媛様の姪です。その息子の誉田真若《ほむたまわか》様も母親の妹を娶り、三人の姫君を得ています」

思いがけない成り行きに、武内宿禰の声も震える。

「新羅から無事帰り、皇子様が生まれましたら、どうか、誉田真若様の娘達を、皇后、妃としてお迎えください。それが、私の望みでございます」

皇后は頷いた。

「私の中に子がいる実感はないが、もし皇子が生まれれば、神の御意思を信じ、その娘達を皇后と妃に迎えよう」

それから二人は、信頼できる四人の忠臣、中臣烏賊津連《なかとみのいかつのむらじ》、大三輪大友主君《おおみわのおおともぬしのきみ》、物《もの》部胆咋連《のべのいくいのむらじ》、大伴武以連《おおとものたけもつのむらじ》を呼び出し、事実を伝え、密かに命じた。

「天下は天皇が崩御されたことを知らない。まだ民達には知らせるな」

そして、天皇の遺体を棺に納め、武内宿禰が海路を使って穴門の豊浦宮へと運ぶ。豊浦宮で殯《もがり》を行った武内宿禰は、天皇の棺を残し、皇后が待つ橿日の宮へと帰った。

四　気長足姫尊《おきながたらしひめのみこと》（神功皇后《じんぐうこうごう》）

筑紫の橿日の宮（後の福岡市東区香椎神宮）で崩御した足仲彦天皇（第十四代　仲哀天皇）の皇后は、後に気長足姫（神功皇后）と呼ばれる。彼女は、稚日本根子彦大《わかやまとねこひこおお》日日《ひひ》天皇（第九代　開化天皇）の曾孫にあたる気長宿禰《おきながのすくね》王の娘だ。


西暦三六三年二月、皇后は、足仲彦天皇の崩御を知る五人、武内宿禰、中臣烏賊津連、大三輪大友主君、物部胆咋連、大伴武以連を集めた。

「天皇は神の教えに従わず、早く崩御された。私は神の教えに従い、財宝の国を求める。罪を祓い、過ちを改め、新たに斎宮《いわいのみや》を建てよ」

そして、三月の良き日を選び、皇后自ら神主となって新たな斎宮に入る。武内宿禰には神を呼ぶ琴を弾かせ、中臣烏賊津使主を審神者《さにわ》として、神に請うた。

「先日、天皇に教え給うた神は、どなたでしょうか」

七日七夜祈り続けると、答えが降りた。

「神風の伊勢国の波寄せる度逢県《わたらいのあがた》の拆鈴《さくすず》五十鈴宮《いすずのみや》に居ます神、天照大神なり」

「他にもおられますか」

「尾田の吾田節《あがたふし》の淡郡《あわのこおり》に居ます神、稚日女尊《わかひるめのみこと》」

「他にもおられますか」

「天事代《あめにことしろ》虚事代《そらにことしろ》玉籤入彦《たまくしいりひこ》厳之事代神《いつのことしろのかみ》」

「他にもおられますか」

答えはない。

「今お答えにならず、また後に言われますか」

中臣烏賊津使主が再び問うと、答えが返る。

「日向国の橘の小門《おど》の水底から沸き出づる神。名は、表筒男《うわつつのお》、中筒男《なかつつのお》、底筒男《そこつつのお》」

「他にもおられますか」

他の神の名は出ず、皇后は、名前を教えられた神々を祀った。


神の意向は、それから次々に示された。

吉備の臣の祖となる鴨別《かものわけ》を派遣して熊襲国を撃たせたところ、神の言葉通り、熊襲は自ら服従を申し出た。

三月二十日、皇后は雷山《らいざん》（山頂は福岡県糸島市）において羽白熊鷲《はしろくまわし》を成敗する。羽白熊鷲は、頑強な体を持ち、天皇の命に従わず、常に民から略奪していた。

三月二十五日、山門県《やまとのあがた》（福岡県柳川市、みやま市）に移り、土蜘蛛の田油津媛《たぶらつひめ》を誅殺する。田油津媛の兄、夏羽《なつは》は、軍を興し、迎え撃とうとしていたが、妹が殺されたことを知り、逃げた。

四月三日には松浦県（長崎県松浦市）に至り、玉嶋里の小川の傍で食事を摂った。皇后は、針を曲げて釣り針を作り、衣の糸を抜いて釣り糸とし、餌には米粒をつける。それを持って川中の石に上り、針を投げ入れながら、こう誓約《うけい》した。

「私は西方の財宝の国を得ようと思う。もし、事が成就するのであれば、河の魚よ、釣り針にかかれ！」

そして竿を挙げると、鮎が釣れていた。

神の教えの正しさは、もはや疑いようもない。皇后は、神に奉納する神田を定め、儺《な》の川から水路を引くよう命じた。だが、水路を掘り進める途中で大岩に当り、水を通すことができない。皇后は、武内宿禰を呼んだ。武内宿禰が剣と鏡を捧げて神に祈ると、雷鳴が鳴り轟き、水路を塞ぐ大岩は落雷により砕け散った。こうして出来た水路は、「裂田溝《さくたのうなで》」と名付けられた。

「神は私に、自ら西の国を討つよう望まれている」

皇后の言葉に強い決意を感じ取り、武内宿禰はただ畏まる。

「皆の前で最後の誓約を行う。橿日の宮の海辺に群臣達を集めよ」

その日、夕日に照らされた橿日の浜に集まった群臣達を前に、皇后は言った。

「私は神祇の教えに従い、皇祖の霊を背に青い海を渡り、自ら西方の国を討つ。神の意と同じであれば、私の髪よ、自ら二つに分かれよ」

そして、長い黒髪を垂らし、海の中へ入って行く。白い衣裳の下、皇后の腹部は大きい。神の言葉通り、新しい生命が宿っているのだ。浜辺から皆が見守る中、皇后は、神に祈りながら身を沈める。すると、つややかな黒髪は波に揺らぎながら、自ら二つに分かれた。

分かれた黒髪を左右の鬐に結い、男の髪形になって皇后は浜に戻る。

「戦を興し、民を動かすのは、国の一大事である。簡単にいくか、危険を伴うか。成就するか、敗れるか、そのいずれかだ。今、討つべき所がある。私は男の姿になり、雄々しき謀《はかりごと》を敢えて起こそう。神祇の霊《みたま》を受け、群臣達の助けを借り、私は兵を興す。そして高い波を渡り、船団を整え、財宝の国を求める。もし、事が成就すれば、その功績は、お前達のものでもある。もし成就しなければ、その罪はお前達にはない。私一人の罪だ。私はそう思っている。お前達もそのつもりで戦え」

夕日を浴びる皇后の堂々たる姿。水をはじく滑らかな肌。その神々しいばかりの美しさ。ここに神の意を疑う者はいない。群臣達は声を揃えた。

「皇后様、天下の為に、宗廟社稷《くにいえ》を安定させるよう図ります。罪は我等臣下には及びますまい。謹んで詔を承ります」

九月十日、皇后は諸国に命じ、船を集め兵士や武器を揃える。だが、最初は軍もなかなか揃わない。

「大丈夫だ。必ず神の御心にある」

皇后はそう言って大三輪の社を建て、刀矛《たち》を奉納した。

すると数日後には嬉しい知らせが入った。

「丹波から三百隻の戦船が！」

「皇后様が言われたとおりだ！」

丹波は、尾張と同じく、かつての「大倭」の中枢。航路に詳しく、水軍の強さは折り紙つき。その後も続々と軍衆が集まってくる。

そして数万の兵が揃うと、皇后自ら斧鉞を取り、兵士達に告げる。

「金鼓の音が乱れ、たなびく幡が揃わず乱れているときは、兵士達の心も整っていない。貪欲に財宝のみ求め、自分の欲に捉われていれば、必ず敵に捕らわれる。敵の数が少なくとも侮るな。多くとも恐れるな。横暴な者達は決して許すな。自ら服従してきた者達は殺すな。戦いに勝てば必ず褒賞を与える。逃亡した者は罪を背負う」

続いて神の言葉を伝える。

「和魂《にぎみたま》は王の身に従い命を守る。荒魂《あらみたま》は先鋒を切り、軍船を導かん」

依網吾彦男垂見《よさみのあびこおたるみ》を神主に定め、荒魂を軍の先鋒とし、和魂を王船の守りとして祀る。

皇后は産み月になっていたが、石を腰に当て祈願した。

「事を終えて帰る日に、ここで生まれ給え」

十月三日、全軍は対馬の和珥津《わにのつ》に集結し、この港から出発する。

風の神は風を起こし、海の神は波を立て、船団を北へと送り届ける。海の中の大きな魚が浮かび上がり、船団を守り導く。舵や櫂を使わずとも、波風を従え、船団はまっすぐに新羅の港へと向かっていく。その様子は、新羅側からも見て取れた。

陽の光に輝く金鼓を打ち鳴らす、何百隻もの大船団。波風をも従えた、海の神さながらの光景に、新羅王は恐れ、なすすべもない。

「新羅が建国してから今日まで、海の国を凌駕したことはない。我が国の運がつき、海に呑まれるのか」

対策も打てぬうちに船団は近づき、港の内外を埋め尽くす。はためく無数の旗。鼓笛の音、軍勢の雄叫びが轟き、山川が震える。

「東にある日本は、神の国とか。その神兵ならば、我等の兵力で防げるものか」

「王様、そのようなことを言わず戦いの準備を」

家臣の言葉を、王は遮る。

「今から何ができる。あの風格、あの勢いを見よ。今までの海賊共とは大違いだ。普通の人間ではない。そうだ、聞いたことがある。皇后の一族は、新羅国皇子の末裔を名乗っているとか。奴等は本気だ。今は逆らうな。大勢殺されるぞ」

彼は、第十七代新羅王、金氏の奈勿尼師今《なもつにしきん》。第十六代訖解尼師今《きっかい》は、倭人である第四代昔脱解《ソクタレ》尼師今の血を引く昔氏だったが、三五六年に逝去し、王位は金氏に移っていた。

「ここは、取りあえず服従だ。海の神は、海に帰っていただこう。後のことは、それからだ」

そう言うと、王は自ら白装束を着て縄を掛けさせ、白旗を掲げて皇后の船を出迎える。船から降りてきたのは、いかつい武人達に守られた、光輝く美女。男の恰好をしていても、その輝きは隠しようがない。新羅王は、皇后の前にひれ伏した。

「金・銀・絹その他の財宝を、船八十隻分献上いたします。今はどうかお引き取りください。これより後、貴国の馬飼になりましょう。毎年男女の奴婢を献上し、春と秋には馬の刷毛と馬の鞭を献上しましょう。この誓いが破られたときは、天神地祇もお許しになるまい。そのときは、我等を討ち給え」

皇后の側近達の中からは「新羅王を誅殺なされ」との声も聞こえる。しかし、皇后は、こう言った。

「もともとは、神の教えを受けて、金銀の国を受けようとしたのだ。また、我が軍隊には『自ら服従する者を殺すな』と命じた。今、すでに財宝の国を得、王は自ら服従を申し出ている。これを殺すのは理由がない」

そして、新羅王の縄を解かせた。

「今の誓いを忘れるな。毎年必ず朝貢せよ」

家臣達に命じ、その国の財宝の蔵を封じ、土地人民の帳簿を収容し、皇后が持つ矛を新羅王の門に立て、後世に伝える徴とした。

これらを終えると、皇軍は引き上げる。新羅王は、誓いの通り、金銀財宝を積んだ八十隻の船を従わせた。新羅が日本に朝貢するのは、これが始まりである。


十二月十四日、筑紫に帰った皇后は、赤子を産んだ。神が告げた通り、立派な男子。この地を名付けて「宇美《うみ》」という。

皇軍に従った三柱《みはしら》の神、すなわち表筒男、中筒男、底筒男は、皇后に告げた。

「我が荒魂を、穴門の山田邑に祝い祀れ」

よって三上祝の血筋である践立《ほむたち》を荒魂を祀る神主とし、穴門の山田邑に社を立てた。この社は、長門（下関市）の住吉神社である。

翌三六四年二月、皇后は群臣達を率いて穴門の豊浦宮に帰った。豊浦宮には、足仲彦天皇の棺が安置されている。皇后は、そっと棺に手を触れた。

「神の御加護により、熊襲も新羅も平定しました。これから都へ帰ります。どうぞ赤子をお守りください」

天皇の棺を船に載せ、皇后達はそのまま瀬戸内の海路で都へ向かう。


その頃、大津の高穴穂宮では、足仲彦天皇の息子である麛坂王《かごさか》と忍熊王《おしくま》を中心に対応が協議されていた。二人の母親は、足仲彦天皇の従妹にして妃の大中《おおなかつ》姫。母親とともに都に残っていた皇子達は、父天皇が逝去し、皇后自ら軍を率いて西方を征服し、皇子を産んだことを伝え聞く。彼等は、納得がいかない。

「皇后が産んだ赤子は、生まれながらの天皇、胎中天皇などと呼ばれていると聞く。我等という兄がありながら、なぜ弟が天皇なのだ！」

「淡路島の石を運んで、明石に砦を築き、奴等の船を待ち構えましょう！　父上の陵を造っていると言えばよい」

そして、皇子二人は、彼等を支持する播磨の者達とともに、兵を集め武器を取らせて皇后達の船を待ち構える。倉見別《くらみわけ》と五十狭茅宿禰《いさちのすくね》（伊佐比宿禰《いさひ》）は、将軍として彼等を支持した。倉見別は足仲彦天皇の兄の子で、近江に拠点を持つ。五十狭茅宿禰は武蔵国の国造を務め、東国の兵を興す。

そんな中、麛坂王と忍熊王は、菟餓野《とがの》（大阪市北区兎我野）に出て、神の意を伺う誓約狩りを行った。菟餓野は、都へ向かう船の入り口、難波津の傍だ。

「もし皇后と皇子を倒せるならば、必ず良き獲物を得るだろう」

そう誓約して狩りを始めると、怒れる大猪が突然現れ、麛坂王を食い殺した。

兵士達は震え上がる。忍熊王は倉見別に語った。

「この出来事は、神の警告だ。この場所で敵を待つのは良くない」

そして、住吉津（大阪市住吉区）まで軍を引き、その地で陣を張る。彼等が軍を編成して待ち受けているとの知らせを聞いた皇后は、武内宿禰に命じた。

「そなたに皇子を託す。私はこのまま東へ進み、難波を目指す。そなたは南に回り、皇子を守り、紀伊水門《きいのみなと》へ行け」

紀伊国は武内宿禰の母方の根拠地。皇子を守るべく、彼は命令に従う。

皇后の船はそのまま東へ向かうが、同じ場所を何度も廻り、先へ進めなくなる。皇后は、務古水門《むこのみなと》（兵庫県尼崎市武庫川河口の港）まで戻り、神の意を問うた。

すると、新羅遠征へと導いた神々が次々に教えた。

「私の荒魂を皇后の近くに置くな。私の心は広田国に鎮座させよ」

そう最初に告げたのは、天照大神。皇后は、山背根子《やましろのねこ》の娘である葉山媛に命じ、広田（西宮市大社町広田神社）に祀らせた。

「私は活田《いくた》の長峡国《ながおのくに》に鎮座しようと思う」

そう教えた稚日女尊は、海上五十狭茅《うなかみのいさち》をもって活田（神戸市生田区）で祀らせる。

「私を御心の長田国に祀れ」

そう教えた事代主尊は、葉山媛の妹の長媛に長田（神戸市長田区）で祀らせる。

また、表筒男、中筒男、底筒男の三柱の住吉の神は、こう告げた。

「私の和魂を大津の渟中倉《ぬなくら》の長峡に鎮座させよ。その地で往来する船を看視しよう」

神々の教えのとおり鎮座していただくと、皇后達の船も進み行き、難波津から住吉津へと向かう。住吉津で様子を見守っていた忍熊王達は、近づく大船団を見て再び軍を引き、大津に近い菟道《うじ》（京都府宇治市）で陣営を張る。

皇后達の船団は、住吉津からさらに南へ進み、紀伊国日高（御坊市）に到着する。ここで、皇子を守り待機していた武内宿禰軍と合流。群臣達と協議し、皇后は、忍熊王を討つことを決意した。

三月五日、皇后は、武内宿禰と和珥臣の祖である武振熊《たけふるくま》に対し、数万の兵を率いて忍熊王を撃つよう命じた。武内宿禰は、精鋭を選び山背に廻り、菟道川の北側に陣を張る。そして、兵士全員の髪を頭上に結わせ、こう命じた。

「弓の弦を一巻、髻の中に納めよ。剣は衣に隠し、木刀を持て」

菟道川の浅瀬を挟んだ対岸には、忍熊王の陣営。その中央には、忍熊王を囲む将軍達の姿。武内宿禰と武振熊は並び立ち、忍熊王に呼びかける。

「我等は天下を貪らぬ。ただ幼い王を守り、君主に従うのみ。どうして戦う必要があろうか。ともに弓の弦を断ち、剣を捨て、和睦しようではないか。君主たる方は、天業を得て王座に座り、心安らかに天下を治められよ」

そして、忍熊王達に見えるよう頭上高く掲げた弓の弦を外して捨て、太刀と一緒に菟道川に投げ捨てた。続いて、皇后軍の兵士達にも同じことをするよう命じる。彼等も一斉に弓の弦を外し、手にした剣と共に投げ捨てる。

忍熊王は武内宿禰の言葉を信じた。不本意ながら心を動かされた。

「承知した。無益な争いはやめよう」

武内宿禰と同様、自らの武器を捨て、兵達にも捨てさせた。

次の瞬間、武内宿禰はすぐさま軍に命じる。

「弦を張れ！　太刀を持て！　奴等を討て！」

数万の兵達が一斉に髪の中から予備の弦を引き出し、弓に張る。衣に隠した剣を出し、雄叫びをあげる。

驚く忍熊王の兵士達。武内宿禰が率いる軍勢は、水しぶきを上げながら河を渡り、武器を捨てた忍熊王の兵達に襲いかかる。空からは矢が降り注ぎ、捨てた武器を拾う間もない。

「忍熊王！」

あまりの出来事に立ち尽くす忍熊王を、倉見別と五十狭茅宿禰が両脇から抱えるようにして走り出す。倉見別が叫ぶ。

「なんと卑怯な男よ！」

その声に我に返る忍熊王。武器を失った三人は、他の兵達同様、ただ走り続けるしかない。背後から射かけられる矢に追われながら、必死に逃げ続ける。

忍熊王の軍勢の多くは、狭狭波《ささなみ》の栗林で追いつかれ、戦う武器もないまま、多くが殺された。栗の木の根元は兵達の遺体で埋め尽くされ、彼等の血が地面に溢れる。無念の血を吸い上げたこの栗林《くるす》の栗は、以後、天皇に献上されることはない。

忍熊王が栗林を抜けたときには、わずかな兵しか残っていなかった。

「私は騙された。兵も武器もない。どうして戦えるのか」

無念の思いを抱え、走り続ける忍熊王達。精鋭を従える武内宿禰が、その後を追う。

近江の逢坂までたどり着いたが、追いつかれた者から次々に殺されていく。倉見別も殺された。隠れる場所もない。

「あんな男の太刀など誰が受けるか！」

そう吐き捨てる忍熊王に、五十狭茅宿禰が頷く。

「私とて同じ思いです。このように武器も持たず、ただ打ち殺されるなど」

武内宿禰軍の雄叫びは近い。目の前には、淡海（琵琶湖）から流れ出す、瀬田川。

二人は目を合わせた。

いざ吾君《あぎ》　五十狭茅宿禰　たまきはる　内の朝臣《あそ》が　頭槌《くぶつち》の　痛手負わずは
鳰鳥《におどり》の　潜《かづき》せな
（わが友五十狭茅宿禰よ。武内宿禰の太刀を受けるより、水鳥のように潜ろう）

そして、共に瀬田の渡りに身を投げた。

「武内宿禰様！　川に飛び込みました！」

追いついた武内宿禰は川面を目で探すが、二人の姿は確認できない。彼は歌った。

淡海の海《み》　瀬田の済《わたり》に　潜《かづ》く鳥　目にし見えねば　憤《いきどおろ》しも

（近江の湖　瀬田の渡りに潜った鳥の　姿が見えず　気が収まらぬ）

二人の遺体は、数日を経て宇治川で見つかった。

十月二日、群臣は皇后に全権を委ねた。よって、この年を摂政元年とし、皇后を皇太后と尊称する。丹波から三百の戦船で参戦した人々には、その功績を称え「海部《かいふ》」の名が与えられた。

翌三六五年十一月八日、足仲彦天皇《たらしなかつひこのすめらみこと》を河内国の長野陵に葬る。

三六六年（丙寅《ひのえとら》）一月三日、誉田別皇子《ほむたわけのみこ》を皇太子とし、磐余《いわれ》（奈良県桜井市）に都を造る。これを若桜宮《わかさくらのみや》という。

こうして国内は落ち着いたが、別の問題が生じていた。新羅が一向に朝貢してこないのだ。誓いを忘れたような態度に、遠征に同行した者達の気持ちは収まらない。何度も新羅に押し寄せ、戦いを仕掛けては引き上げることを繰り返している。対する新羅側も軍備を強化しており、互いに譲らず決着がつかない。再度の皇軍遠征を願う声も次第に大きくなっていく。

三月、新羅に朝貢を促す方策を探るため、皇太后は、将軍斯摩宿禰《しまのすくね》を卓淳《とくじゅん》国に遣わした。卓淳国は新羅の東、後に大邸《てぐ》と呼ばれる地にある。彼が皇太后の使いと知った卓淳国王は、別の話を切り出した。

「よかった。実は、一昨年の七月、貴国への行き方を教えて欲しいという男達が訪ねてきたのです。百済王の使いで、久氐《くてい》、弥州流《みつる》、莫古《まくこ》と名乗っていました」

「一昨年というと、皇軍が新羅征伐を行った次の年だ」

「いかにも。貴国の新羅遠征を知り、是非とも朝貢したい、とのことでした。行き方は知っているが、海を渡らなければ行けない所だと教えると、百済に帰り船を用意するから、使者の方に会えたら必ず伝えて欲しいと頼まれました」

思いがけない良い話に、斯摩宿禰の胸は高鳴る。

「では、私の家臣を百済へ行かせましょう。どなたか案内していただきたい」

そして、卓淳国の人の案内で、自らの家臣を百済王の元へと派遣する。

百済の肖古《しょうこ》王は、日本朝廷からの使者に喜び、歓待した。王は、五色の絹、角でできた弓と矢、鉄鋌《てい》四十枚を使者に託し、さらに言った。

「百済には、多くの珍しい宝物があります。貴国に進呈したいと思いながら、行き方がわからなかった。貴国の王に、そうお伝えください」

急いで帰国した斯摩宿禰から報告を聞き、皇太后も大変喜んだ。

「我が国の名声が、遠く百済まで及んでいたとは。誇らしいことだ」


翌年四月、百済王は久氏、弥州流、莫古の三人を遣わし、日本へ朝貢してきた。

「皇太后様、百済の使いが着きました！」

「来たか！」

「新羅の使いも一緒です！」

家臣の報告に、皇太后の胸も熱くなる。ついに新羅が朝貢を始めた。なんと嬉しいことだろう。皇太后は、幼い皇太子に語り掛ける。

「新羅と百済がそろって朝貢に訪れるとは、まさに神の御心。天皇様が生きておられたら、どんなに喜ばれたことでしょう」

足仲彦天皇を知る家臣達は、皆涙をぬぐう。

準備が調うと、両国から献上された品々が並べられ、まずは百済の使者達が通された。意外にも、百済王の言葉に反し、百済からの品々は陳腐な物ばかり。反対に、朝貢を怠ってきた新羅からの品々は、珍しい物、素晴らしい物ばかりだ。

「その方達、話は聞いている。遠方よりよく来られた。だがなぜ、百済の品々は、これほど新羅に劣っているのだ」

皇太后の言葉に、久氏等は、きっと顔を上げた。

「道に迷った我等は、新羅の港で捕らえられ、三か月も牢にいました。百済王が用意した朝貢の品々は奪われ、我等も殺されかけた。今そこにある素晴らしい品々こそ、新羅が奪った百済王からの献上品。陳腐な品々は、新羅が我等に持たせたもの」

「なんだと！」

皇太后だけではない。皇太子や武内宿禰、その場にいた者すべてが怒りに震える。

「新羅の者達は『本当のことを言えば、絶対殺す』と脅し続けました。我等は、百済王のお気持ちを届けるために耐え続け、ここまで辿り着いたのです」

皇太后は、すぐさま新羅の使者を呼び出した。久氏等三人を目の前にしながら、新羅の使者達は、頑として非を認めようとしない。

「なんのことでしょうか。百済の使者が嘘を言っているのです」

自白は得られず、皇太后は天神に伺いをたてた。

「百済に真実を確かめ、新羅に罪を問いたい、誰に託せばよいでしょうか」

すると神の声が返る。

「武内宿禰に任せよ。千熊長彦《ちくまながひこ》という者を使者とすれば、必ず真実がわかるだろう」

神の言葉の通り、武内宿禰が千熊長彦を派遣し追及させたところ、新羅はついに、百済が用意した献上物を横取りしたことを認めた。

「新羅に思い知らせてやりましょう！　よくも平気で嘘を！　我が国を欺き、貢ぎ物を汚すとは許せない！」

怒り沸騰、再び新羅出兵の準備が始まる。

西暦三六九年（己巳《つちのとみ》）三月、皇太后は、荒田別《あらたわけ》と鹿我別《かがわけ》を将軍に任命した。この二人は、豊城入彦《とよきいりひこ》の曾孫で東国へ赴任した御諸別《みもろわけ》の息子達。鹿我別は、浮田国（福島県相馬市・相馬郡）の国造。東国の兵を率いて参上する。

皇太后は、百済の久氏等とともに海を渡らせ、卓淳国から新羅を襲わせるつもりだった。だが、戦術を開始する前に、百済に残る千熊長彦から武内宿禰に要請が入る。

「その兵の数では新羅は討てません。もっと兵を増やさなければ」

そこで、沙白《さはく》と蓋盧《かふろ》を新たな将軍とし、百済の将軍である木羅斤資《もくらこんし》と沙沙奴跪《ささなこ》にも命じて、精兵をつけて卓淳国へと送る。大部隊となった日本・百済連合軍は、集結した卓淳国から攻め込み、新羅を撃ち破った。その時平定したのは、新羅の西の七つの国。比自炑《ひしほ》・南加羅《ありひしのから》・喙国《とくのくに》・安羅《あら》・多羅《たら》・卓淳・加羅。後に「任那」と呼ばれる地域である。

勢いづいた連合軍は、さらに西へと回り込み、南の港から耽羅《たむら》（済州島）に渡り、その地を征服して百済のものとした。百済の肖古王（近肖古王）と貴須《きす》王子（近仇首《くす》王子）も自ら軍を率いて合流する。連合軍の勢いを知った四つの邑、比利《ひり》・辟中《へちゅう》・布《ほ》弥支《むき》・半古《はんこ》は、自ら降伏を申し出た。

こうして戦いは終わった。肖古王と貴須王子、日本の荒田別、百済の木羅斤資達は意流村《おるすき》に集まり、互いの健闘を称えあい、感謝を伝えあう。都へ帰る肖古王は、千熊長彦を誘い、辟支山《へきのむれ》に登って絆を誓いあった。それから、百済の古沙山《こさのむれ》に登り、山頂近い岩場に立つ。肖古王は言った。

「草は燃え、木は水に流される。この岩場に来たのは、岩のごとき永遠の誓をするため。これから毎年欠かさず、貴国に朝貢することを誓う」

そして下山後は千熊長彦を手厚くもてなし、帰る際には、久氏等に送らせた。


その年の九月、高句麗の故国原王《ここくげん》が三万の兵を率いて百済に侵攻した。高句麗軍は陣営を張り、周囲の百済住民を襲い略奪を続ける。百済の貴須王子は自ら兵を率い、近道を抜けて急襲し、高句麗軍を撃破した。

翌三七〇年二月、将軍荒田別達が帰国した。五月には、千熊長彦も久氏等を伴い百済より帰る。皇太后は久氏を歓待しつつも問うた。

「韓《から》の諸国を百済に与えた。なおもこうして訪れるのは、何か理由があるのか」

久氏は答える。

「我が国の王は、大変喜び、感謝の思いで一杯です。その思いから、お帰りになる際にも送らせていただきました。今後も朝貢を欠くことはいたしません」

皇太后は喜び、往来の拠点に使える多沙城《たさのさし》を追加で与えた。


三七一年三月、百済王はまた久氏を遣わし朝貢する。皇太后は、皇太子と武内宿禰に語った。

「百済との親交は、私が意図して得たものではない。天の神が与えてくださったものだ。間をあけることもなく、常に来て珍しい品々を献上してくれる。この真心が嬉しい。私が退位しても、ずっと百済を大切にせよ」

そして、その年に千熊長彦を久氏等に副えて百済へ派遣する。

「私は神の意に従い、初めて海を渡り、平定した地を百済に与えた。これからも親交を深め、永久に恩寵を施そう」

皇太后からの言葉を受け、百済王と王子は感謝の意を述べる。

「貴国の恩寵が天地より重いこと、我等は決して忘れず。二つ心なく、誠意を尽くします」

この年も、高句麗軍が大挙して攻めて来た。百済軍は川の畔で待ち伏せし、急襲して撃退した。冬には、百済王自ら三万の兵を率いて高句麗に侵入し、平壌城を攻撃。この戦いで、高句麗の故国原王は流れ矢を受け、戦死した。

三七二年一月、百済は東晋に初めて使者を遣わす。六月、東晋は肖古王を「鎮東《ちんとう》将軍領楽浪太守《しょうぐんりょうらくろうたいしゅ》」として封建した。これは百済にとって、新羅や高句麗に対抗する上で大きな意味を持つ。日本が将軍や兵を派遣し続けていることが、百済にとってどれほど力になっているだろう。肖古王は深く感謝している。

その年九月、百済の久氐等が帰国する千熊長彦に随伴して参詣した。肖古王は久氐等に、七つの枝を持つ刀「七支刀《しちしとう》」と、七つの子を持つ鏡、及び様々な宝物を持たせていた。久氏等は、百済王の感謝の言葉を伝える。

「この刀と鏡は、貴国のお力添えで高句麗より得た鉄山の鉄で作ったもの。七つの枝、七つの子が表すのは、貴国が平定した七つの加羅国。我等の感謝の証として、ここに献上いたします」

　肖古王は、孫の枕流《とむる》王にも繰り返し言い含める。

「今親交がある海の東の国は、天の神が作られた国だ。この国のお陰で、我等の国の基礎が固まったのだ。そなたも親交を守り、国の産物を献上することを怠るな」


　三七五年七月、高句麗が百済北部に攻め入った。肖古王は将軍を派遣したが、勝てなかった。その年の十一月、肖古王は逝去した。

　その知らせを伝える武内宿禰の前で、皇太后は嘆いた。

「なんと悲しいことだろう。千熊長彦達を残してやればよかった。我が国が韓《から》の地に拠点を置けたのも、亡くなった肖古王が我等を信じ、頼ってくれたからだ」

　武内宿禰も頷く。百済との絆は、肖古王の真心あってのものだ。

皇太后は武内宿禰を改めて見つめる。最初に出会ったのは、二十年以上前。類稀な力を持ちながら、武骨で不器用、生真面目な忠臣。国の大事を共に乗り越えてきた。

彼女は、武内宿禰に言った。

「皇太子も結婚できる年齢になる。来年の正月に正式に即位させよう。私が神に託された仕事は、それですべて終えられる。百済も帰須王子（近仇首王）の時代になる。私も全てを譲り、身を引こう」

「皇太后様……」

武内宿禰の言葉を遮り、皇太后は微笑む。

「約束は忘れてはおらぬ。誉田真若《ほむたまわか》の娘三人を妃に迎え、その中から皇后を選ばせよう」


翌三七六年正月、皇太后は、皇太子が正式に即位し、自らは摂政から退くこと、そして誉田真若の娘三人を皇后と妃に迎えることを発表した。

二月八日、皇太后の命を受け、武内宿禰は新天皇に随伴して角鹿へ向かった。角鹿の仮宮に到着した一行は、笥飯《けひ》（気比）大神を拝み祀り、新天皇への御加護を願う。

するすると、武内宿禰の夢に笥飯大神が現れ、こう告げた。

「明日の朝、浜に来られよ。御子の名にふさわしいものを奉る」

翌朝、天皇と共に浜辺に行くと、正装した多くの男達が集まっていた。その傍らには、血を流した数名の遺体。冷たい潮風に、微かな血の匂いが混じる。

「これは、どういうことだ」

驚く天皇の前に首領達が進み出て、そろって膝をついた。

「誉田の天皇様は、『大倭』を率いた一族の後継者。我等海の民が崇める大王。忠誠の証として、同調しない者は成敗しました」


二月十七日、天皇一行が角鹿から戻り、皇太后は大宴会を催した。

角鹿での出来事は、武内宿禰からも報告を受けた。神に選ばれし我が子は、天神地祇に守られて、統一倭国の天皇になる。なんと嬉しいことだろう。

皇太后は新天皇に盃を捧げ、言祝《ことほ》ぎの歌を謡う。

この御酒《みき》は　吾が御酒ならず　神酒《くし》の司《かみ》　常世《とこよ》に坐《いま》す　いわたたす　少御神《すくなみかみ》の豊寿《とよほ》き　寿き廻《もと》ほし　神寿き　寿き狂おし　奉《まつ》り来《こ》し御酒ぞ　あさず飲《を》せ　ささ

差し出された盃を、息子は無言で受け取った。その表情は硬い。武内宿禰は天皇のために歌を返す。

この御酒を　醸《か》みけむ人は　その鼓　臼に立てて　歌いつつ　醸みけめかも
この御酒の　あやに　うた楽し　ささ

ようやくこの日が来た。武内宿禰は天皇の横顔を見つめている。皇后に託された赤子を抱き紀伊水門へと向かった日、命をかけて守ると誓った。その思いは今も変わらない。この若き天皇は、神から与えられた崇高なる希望。私は必ず守り抜く。誉田の娘から生まれる次の天皇に、誇り高き神の国を引き継ぐ日まで。

祝福の酒を飲み干しながら、天皇の頭と心は冷めていく。

角鹿の浜辺で忠誠を誓った将軍達。彼等が見ていたのは、誉田の娘達を娶り、大倭の栄光を復活させる神の子。統一倭国の安泰と繁栄を約束された天皇。戦場に出たこともない未熟な私ではなかった。

言祝ぎの歌は誰のため。自分が知らないところで全てが与えられ、全てが決められている。目の前に続くのは、過大な期待を寄せ人生を賭ける人々を乗せ、定められた航路を進むだけの人生。


積荷の重さに耐えながら、大海原を進み行く。

せめて魂は、私の魂は自由なのか。

本書における年代設定について（解説）

『古事記』や『日本書紀』に記載された天皇の寿命や在位期間の中には、生身の人間ではありえないものがある。天皇のみならず、武内宿禰も三百年生きたことになっている。本書「倭の国から日本へ」第八巻『日本武尊と神功皇后』では、『古事記』『日本書紀』を主にしながら、三韓の歴史を語る『三国史記』他の史料も参考にして、以下のように年代設定を行っている。

一　景行天皇の時代

景行天皇の即位年は、『日本書紀』の記載の干支に従い辛未（三一一年）とした。退位の年は、息子である成務天皇が『古事記』記載の己卯（三五五年）に逝去したとして、治政の記事がある五年分を遡り、三五〇年に即位したとし、景行天皇が逝去したのは、その前年の三四九年とした。この前提に基づき、本書での景行天皇の記事は、三つのパターンの組合せで構成されている。

まず、景行一年から二十六年までの記事、および二十五年に東国に派遣された武内宿禰が戻る二十七年の記事は、『日本書紀』の記載年を使用している。第二に、『日本書紀』で景行二十七年、二十八年に記載されている日本武尊の熊襲征伐は、『旧事本紀』で景行天皇在位二十年（庚寅・三三〇年）に日本武尊は十六歳で熊襲征伐とされているため、景行二十年と二十一年の出来事とした。『日本書紀』で次に記事がある景行四十年から六十年までの記事は、逝去年と設定した三四九年を景行六十年として組み込んだ。

その結果、景行二十七年二月に東国から戻った武内宿禰が東国征伐を奏上した年と、日本武尊が七月に東国征伐に出発した景行四十年とが、西暦三三七年で一致している。

二　成務天皇の時代

『日本書紀』は、成務天皇は景行天皇と同じ辛未（三一一年）に即位して六十年の在位期間があるとしている。しかし、記事らしい記事は成務五年までしかなく、その次は四十八年に甥（仲哀天皇）を皇太子にしたという記事、そして六十年に百七歳で逝去した、という記事である。

本書では、成務天皇は、『古事記』記載の己卯（三五五年）に逝去したと考え、治政の記事がある五年分を遡り、三五〇年に即位したと設定している。

三　仲哀天皇の時代

仲哀天皇について『日本書紀』には九年分の記事がある。『古事記』記載の干支に従うと、成務天皇の逝去は己卯（三五五年）、仲哀天皇の逝去は壬戌（三六二年）なので、年数が足りない。

本書では、己卯（三五五年）の一月に、成務天皇の即位を認めていなかった仲哀天皇（日本武尊の息子）が即位を宣言し、六月に逝去した成務天皇を、九月に埋葬したと設定した。

逝去については、『古事記』では、壬戌（三六二年）六月に訶志比（香椎）宮で神託を受け、その場で逝去している。『日本書紀』では、神託は九月で、その翌年二月に逝去したと記されているため、三六三年二月の逝去とした。

四　神功皇后の時代

神功皇后の記事は、『日本書紀』では、神功十三年の次は神功三十九年。『日本書紀』記載の通り、辛巳（二〇一年・二六一年・三二一年）に摂政開始とすると、神功三十九年、四十年、四十三年の記事は、二〇一年（辛巳）を元年とした場合『魏志』「倭人伝」の卑弥呼関連の記事と一致する。神功四十六年以降の記事は、三二一年

（辛巳）を摂政元年とした場合、『三国史記』記載の記事と一致する。

本書では、神功皇后の摂政前紀を、仲哀天皇の逝去年に設定した三六三年とし、摂政元年を三六四年とした。なお、『三国史記』には、この年の四月に倭兵が大挙して新羅に侵入し、新羅が撃退したとされている。

なお、応神天皇については、『日本書紀』によれば、神功皇后が辛巳（三二一年）から己丑（三八九年）まで摂政を務めて百歳で逝去した翌年、庚寅（三九〇年）に即位して治政四十一年に百十歳で逝去したことになっている。

著者は、神功十三年となる三七六年に即位し、『古事記』に記載された干支である甲午（三九四年）に逝去したと設定しているが、詳細は次巻で述べたい。

著者プロフィール

阿上 万寿子（あがみ ますこ）

1959年生まれ
福岡県出身
九州大学法学部　卒業
奈良大学通信教育部　文学部文化財歴史学科　卒業
山口県在住

既刊書
『イザナギ・イザナミ　倭の国から日本へ 1』（2017年　文芸社）
『スサノオ　倭の国から日本へ 2』（2018年　文芸社）
『大国主と国譲り　倭の国から日本へ 3』（2018年　文芸社）
『天孫降臨の時代　倭の国から日本へ 4』（2018年　文芸社）
『神武東征　倭の国から日本へ 5』（2019年　文芸社）
『卑弥呼　倭の国から日本へ 6』（2019年　文芸社）
『倭国統一　倭の国から日本へ 7』（2020年　文芸社）

日本武尊《やまとたける》と神功皇后《じんぐうこうごう》　倭の国から日本へ　8

2021年11月15日　初版第1刷発行

著　者　阿上 万寿子
発行者　瓜谷 綱延
発行所　株式会社文芸社
〒160-0022　東京都新宿区新宿1－10－1
電話　03-5369-3060（代表）
03-5369-2299（販売）

印刷所　株式会社エーヴィスシステムズ

ISBN978-4-286-21429-0